Characters
登場人物紹介
ヒメリ
アルル
ソフィア

有馬太一
ルーク
ニーナ
グリーズ

『すすごいきゅ、ドングリがこんなに美味しい料理になるなんて感動っきゅ～～！』
大将
『ハルルも食べてみて、ハッチの蜂蜜くらい美味しいんだ』
スノウ
『ありがとう！こんな美味しいドングリ、初めてきゅう！』
ハルル

Menu

異世界もふもふカフェ 3

テイマー、
もふもふ小熊を助けに
雪山探索

ぷにちゃん
Punichan

1 ルークのドラゴンジャーキー

朝の穏やかな気持ちのいい風が太一《たいち》の頬《ほお》を撫《な》で、今日も楽しい一日が始まることを告げる。

ここは日本とは別の世界――異世界。

場所は、『シュルクク王国』にある『レリームの街』の郊外。自然にあふれていて、周囲では魔物も出現することがあるけれど……概《おおむ》ね平和に過ごしている。

「いい天気だなぁ～」

ぐぐっと伸びをして、大きく深呼吸を一つ。太一は体の中に入ってくる新鮮な空気に満足して、後ろを振り返る。

そこにあるのは『もふもふカフェ』兼、太一の住居だ。

中ではテイミングした仲間のもふもふたちが、のんびり過ごしている。


自動車に轢《ひ》かれそうになっていた猫の神様を助けたことで、異世界へとやってきた有馬《ありま》太一。

黒目黒髪の典型的な日本人顔の、元サラリーマンだ。

会社のために身を粉にして働いており、唯一の癒《いや》しは猫カフェに行くことだった。そんな疲れ果てた人生だったが、今は毎日が新鮮で、楽しい。

この世界に来たとき、猫の神様からは『もふもふに愛されし者』という固有ジョブを授けてもらった。そのおかげで、もふもふたちから愛されまくっている。

さらには、猫の神様が便利なスキルをレベル無限大でいくつも与えてくれた。

そんな太一のカフェは、この街のテイマーギルドから物件を借りて始めたものだ。

のどかな場所でとても気に入っているのだが、最近はちょっとだけ手狭になってきた。その理由は——もふもふの従魔たちが増えすぎてしまったから。

仕方ない、仕方なかったのだ。可愛《かわい》い子がいたら、テイミングしてお持ち帰りしたくなってしまうのだから。

現状維持をするならいいが、今後ももふもふの魔物をテイミングしないとは言い切れない。いや、絶対にしてしまう自信がある。

そこで、太一はこの物件を買い取ることに決めた。さらに周りの土地も買い取って、増築したいと思っているのだ。

しかし、それには太一のギルドランクを上げなければいけないので、少し大変だ。テイマーギルドの依頼をこなし、貢献しなければランクは上がらない。

もちろん、購入するための費用も別途かかる。

(でも、ルークのおかげで買えちゃうだけのお金はあるんだよな……)

太一がハハハと乾いた笑いを浮かべながらカフェを見ていると、ルークが器用にドアを開けて外へ出てきた。

『タイチ、早く朝飯にしてくれ！』

どうやらご飯の催促に来たようだ。

尻尾をぶんぶん揺らし、早く早くとアピールしてくる。ルークは太一が作るご飯が大好きで、いつも楽しみにしているのだ。

まあ、ツンツンツンツンデレな性格なので、素直に甘えるようなことはほとんどないけれど。


お腹を空《す》かせて出てきた、相棒のルーク。

白金色の美しく力強い毛並みと、威圧感のある瞳。街で過ごすため今は大きさを変えてもらって体長一メートルほどだが、本来はその倍の二メートルほどある。

その正体は、誰もがもう存在しないと思っている伝説級の魔物——フェンリルだ。

ツンツンツンツンデレだが、太一のことが大好き。その次に好きなのは、ドラゴンの肉とビーズクッション。


「ごめんごめん、すぐに準備するよ」

『んむ！』

太一が店内に入ると、もふもふの従魔たちがわっと駆け寄ってきた。太一のことが大好きだからでもあるが、みんなもご飯がほしいのだろう。

甘えるように、足に頭をすりつけてくる。

もふもふカフェにいる魔物は、全部で五種類。

フェンリル、ベリーラビット一〇匹、ケルベロス、フォレストキャット一〇匹、鉱石ハリネズミの総勢二三匹だ。

(あ、でもケルベロスは首が三つでそれぞれ意思があるから三匹?)

なんとも判断に困るところだ。

全員、太一が【テイミング】のスキルで従魔にした魔物たち。

「つとと、ご飯だったな。用意するから、もうちょっと待っててくれ」

『手伝うわ』

「おお、助かる」

太一が厨房《ちゅうぼう》へ行くと、ウメがついてきた。

引き出しを器用に開けて、ご飯用のお皿を口でくわえて取り出してくれる。

「ありがとう」


陶器の重いお皿を軽々くわえてきたのは、フォレストキャットのウメ。

左耳と、首まわりにネックレスのように可愛らしい花が咲いている猫型の魔物だ。フォレストキャットたちをまとめるボスで、ウメだけ喋《しゃべ》ることができる。

鉱石ハリネズミのルビーとは番《つがい》――恋人同士になり、仲良く過ごしているので見ていてとても微《ほほ》笑《え》ましい。

太一は棚から三種類のカリカリを取り出して、量りながらお皿に盛っていく。

「ウメはこのカリカリで、サクラがこっちのカリカリで……」

『あ、あちしはこっちのカリカリよ！』

「そうだった！　ごめんごめん」

うっかり間違えてしまい、太一は急いで移し替える。

ウメに手伝ってもらいながら、フォレストキャットたち全員分のカリカリが用意できた。

（猫は好き嫌いが多いみたいに聞いたことがあったけど、本当だったんだなぁ）

最初はみんな同じ種類のカリカリを食べてくれていたのだが、慣れもあってかあまり食べない子たちが出てきたのだ。

どうしたものかとウメに相談したところ、なんとあまり好きな味ではなかったということが判明した。ウメは言い聞かせて食べさせると言ってくれたのだが、それは太一が首を振った。

（好きなものを美味《おい》しく食べてほしいからな）

気に入らないご飯を無理やり食べさせるつもりはない。カリカリの種類はたくさんあるので、美味しく食べられるのを見つければいいだけだ。

（まあ、見つけるまでが結構大変だったけど……）

好みの味のカリカリを見つけるまで、おそらく一〇種類ほど試しただろうか。

ウメに協力してもらって、それぞれの好みをなんとなく把握していき……あとは食べてもらって様子を見た。

フォレストキャット全員と喋ることができたらいいのだが、知能的に群れのボス以外とは会話ができないのだ。

（人間でいうところの、二歳前後っていうところかな？）

「さてと、次はルークたちのご飯だな」

ルークのご飯は、言わずもがなの肉だ。ケルベロスは果物が好きで、ベリーラビットはニンジンや苺《いちご》が好き。鉱石ハリネズミは好き嫌いがなく、なんでも美味しく食べてくれる。

すると、ルークが様子を見にやってきた。

『タイチ、ドラゴンの肉が食べたいぞ！』

「こないだ食べた分で最後だったから、もうないよ」

『なんだと!?』

ガガーン！　と、ルークがショックを受けた表情になる。大好物を食べたくてリクエストしたのに、なかったのだからその絶望は計り知れないだろう。

『また狩りにいくか……』

「待て。ドラゴンをそう簡単に狩りにいかないでくれ」

普通の人がドラゴンと遭遇したら、死を覚悟する。しかしルークは強すぎるため、いとも簡単にそのドラゴンを倒してしまうのだ。

(ちょっとご飯を買ってくる……狩ってくるか？　って、スケールがでかすぎる)

ただ問題は――それに、太一も同行しなければいけないということだ。

ルークが一匹で行っても、ドラゴンを持って帰ってくることができない。いや、厳密にいえば口でくわえて持って帰ってくることは可能だ。

(そんなことしたら、街じゅうで大騒ぎだ)

太一は平和に過ごしたいので、そういったことはご遠慮したい。

けれど太一が一緒に行けば、猫の神様からもらった『魔法の鞄《かばん》』にドラゴンの死骸を入れ、持って帰ってこられるので楽なのだ。

この鞄は無限に物を入れることができ、中に入れている間は時間も止まっているという優れものだ。つまり、温かい料理をそのまま保存できたりもしてしまう。

太一はやれやれと肩をすくめながら、ルークを見る。

「昼間だと目立つから、夜にな」

『仕方ない、そこまで言うなら夜まで待ってやろう！』

――なんて口では言っているルークだが、ちぎれそうになるほど尻尾をぶんぶん振っている。

(嬉《うれ》しいんだな……このツンデレさんめ)

その仕草を見ただけで、可愛いので許せてしまえる。

太一はその愛らしさににによによしながら、全員分のご飯を用意し終える。

「みんな、ご飯だぞ～！」

すぐ、全員がわっと集まってきた。

『わーい、ご飯だ〜！』

『そろそろお腹が空いてきたところだった』

『早く食べよう〜』


一目散にやってきたのは、ケルベロスのピノ、クロロ、ノールだ。

真っ黒な艶《つや》やかな毛並みで、ルークとはまた違う美しさがある。本来は体長三メートルほどの大きさなのだが、今は三〇センチくらいになってもらっている。


『ウメ、自分も手伝います』

『ありがとう。じゃあ、これをお願いするわ』

『はいっ！』


次にやってきたのは、鉱石ハリネズミのルビー。

背中の針の部分が、鉱石や宝石でできている珍しい魔物だ。まじっている赤色がルビーのように美しく、名前もそこからつけている。

番を探して世界を旅していたらしいのだが、うっかりお腹が空きすぎてもふもふカフェの前で行き倒れてしまっていたところを太一が保護した。

その後、ウメに告白し、無事に番になることができたのだ。

ウメとルビーがみんなにご飯を配ってくれたので、食事は快適に始まった。

ベリーラビットも美味しそうに苺を食べて、フォレストキャットたちもそれぞれカリカリを食べている。

（よしよし、今日もみんな元気だ）

健康面などを軽くチェックし終えたら、次は自分のご飯だ。


フライパンを用意して、ベーコンと卵を取り出す。今日の朝ご飯は、トーストと目玉焼きだ。

「あ、食パンがない!!」

なんてことだ。

太一が食べているパンは、日本のスーパーなどに売っている普通の食パン。

この世界にもパンは売っているけれど、質が日本のもののほうがよいので、自分一人で食べるときは日本製の食パンを使うことが多い。

「とりあえず、急ぎでお願いします……【お買い物】!!」

スキルを使うと、メモ用紙が手元に現れた。

「ええと、『食パン』、っと」

この用紙には、購入してきてほしいものを五個まで書くことができる。

これでしばらく待つと、猫の神様が食パンを買ってきてくれるという流れだ。

猫の神様が授けてくれた固有スキル、【お買い物】。

太一が助けた猫の神様に、日本でのお使いをお願いすることができるとんでもないスキルだ。

猫の神様に買い物をしてきてもらうなんて申し訳ないが、大変ありがたいスキルだ。この異世界も暮らしやすく楽しいけれど、日本の便利さや物の品質にはどうしても敵《かな》わない。

ちなみに買い物の代金は、この世界のお金で支払えば問題ない。

目玉焼きを作っている間に、食パンが太一のもとに届いた。

「わー早い。ありがとうございます神様！」

太一は猫の神様に祈りを捧《ささ》げて、食パンの上にレタスを乗せ、焼いたベーコンと目玉焼きも乗せる。これで朝食の完成だ。


「いっただきま〜す！　んまい〜」

『なんだ、美味《うま》そうな匂いだな』

太一が何かを食べていると、食いしん坊のルークがやってくるのはお約束だ。仕方がないので、ベーコンを一枚だけわけてあげる。

『んむ、これも美味いな！』

「まったく、俺の朝ご飯だっていうのに」

不満げにしつつも、ルークのつぶらな瞳と揺れている尻尾に弱い太一である。こうして、太一の一日が始まるのだ。


猫カフェに癒しを求めていた太一は、異世界に来てから猫カフェならぬもふもふカフェを開店した。もふもふの魔物たちと触れ合ってもらう、というカフェだ。

もふもふカフェの営業時間は、一一時〜一七時。

太一もテイミングした従魔たちも、無理はしないスタイルだ。目指せ、ホワイト企業――もといホワイトカフェ。

そういった方針があるので、落ち着いた日常を過ごしている。……が、ルークのお散歩と称した狩りに付き合わされた日などは一気に疲れてしまうことも。

店を開けると、すでに何人かのお客さんが並んでいた。開店当初は全然お客さんがいなかったけれど、気づけば開店前から来てもらえるようになっていた。

「いらっしゃいませ」

太一が笑顔で「どうぞ」と告げると、お客さんも笑顔を返してくれる。

「こんにちは！　楽しみにしてたんです」

「サクラちゃんは元気ですか？」

「私は今日こそルーク君を撫でたい……！」

最近は、もふもふの魅力に気づいてくれた人が増えてきた。

太一が異世界に来た当初は、魔物を愛《め》でる？　といった具合に、あまり理解してもらうことができなかった。

しかし、百聞は一見に如《し》かず。

実際もふもふカフェに来た人たちは、もふもふの可愛さにメロメロになった。

開店前から並んでくれていた人たちは、何度か来てくれているお客さんだ。それぞれお気に入りの子たちがいて、会うのを楽しみにしてくれている。

（ルークを撫でるっていうのはハードルが高すぎるかもしれないけど……）

太一と接しているとわからないが、ルークは人に触れられることをあまりよしとしない。とはいえ、希望を持つなとは言わない。

（いつかはルークも落ち着いてきて、人に撫でられるのが好きになるかもしれないし）

まあ、現状それはとても低い可能性に思えるが……。

太一がそんなことを考えていると、もふもふカフェの店内から元気な女の子の声が響いた。

「おはようございます、いらっしゃいませ！　ご注文伺います～！」

アルバイトとして、もふもふカフェで働いてくれているヒメリ。

淡いピンクの髪を、低い位置でお団子にして赤色のリボンをつけている。黄色の瞳はパッチリしていて、可愛い女の子だ。

水色のワンピースに、白色のローブ。その上に、もふもふカフェのエプロンをつけている。

太一には魔法使いの冒険者——と伝えているけれど、その正体は実は冒険者ギルドのギルドマスターだ。

ただ、自分から好んでこの地位にいるわけではない。強い冒険者が上に立っていたほうがなにかと都合がいいので、どちらかというと頼まれて仕方なしに就いている。

ヒメリはふっふーと意味深に笑みを深め、

「実は、今日からコーヒーが新しくなったんです！　前より美味しくなったので、お勧めですよ」

「え、そうなんですか？」

並んでいたのは、三人の女性客だ。

いつものように紅茶を頼もうとしていたらしいが、ヒメリの言葉で悩むそぶりを見せる。どうにも、新しくなったというのが気になるようだ。

「どうしよう？」

「うーん、でも……苦い飲み物ってあんまり得意じゃないんだよね」

女性たちはコーヒーよりも紅茶派らしい。

しかしヒメリは、「チッチッチ！」と指を振る。

「コーヒーはコーヒーですけど、新しい種類の『カフェラテ』っていうのが苦みも少なくて美味しく飲めるんです！」

「「カフェラテ？」」

「ミルクを使っているから、クリーミーでまろやかなの。私も大好き！」


実はヒメリの説明の通り、もふもふカフェのドリンクメニューがちょっとだけ変わった。なぜかって？　それは、太一がコーヒーメーカーを導入したからだ。

当初は粉のインスタントだったが、この世界にも慣れ、カフェの運営にも余裕ができたのが理由。美味しいコーヒーを飲んで、ゆっくりしてもらいたいと考えたのだ。

（とはいえ、本格的な業務用ではないけど……）

いわゆる、一般家庭用の小さいものだ。

コーヒーメーカーでは、コーヒーとカフェラテのホットとアイスを作ることができる。

太一は朝食後にコーヒーを飲むのがお気に入り。

メニュー
・食事
ミートソースパスタセット　一〇〇〇チェル

・飲み物　七〇〇チェル
お茶　HOT／ICE
コーヒー　HOT／ICE
カフェラテ　HOT／ICE
紅茶　HOT／ICE
・お菓子　三〇〇チェル
クッキー
チョコレート
・おやつ（魔物用）　三〇〇チェル
うさぎクッキー

本当にちょっとずつではあるが、メニューが充実してきている。次は、もふもふたちにあげるおやつの種類を増やすのもいいかなと考えている。

いろいろな食材を購入して、スキルを使っておやつを作ってみたい。

太一がヒメリとお客さんたちのやり取りを見ていると、注文はカフェラテに決まったようだ。

「はーい！　カフェラテとうさぎクッキー、それぞれ三つずつですね。できあがったらカウンターから呼ぶので、ゆっくりしていてください」

「「「はーい」」」

ヒメリが飲み物の用意のため厨房に下がった。

次に、常連の商人がやってきた。

白と黒のブチのベリーラビットのモナカと、丸みをおびた葉が足首から生えているフォレストキャットのユーカリがお気に入り。

もともとはモナカがお気に入りだったのだが、モナカと仲良くなったユーカリのことも自然と大好きになったのだ。仲良しの子をまるごと愛でてくれる、いい人だ。

「こんにちは！　ああぁっ、今日もモナカちゃんとユーカリちゃんは仲良しですね。見てるだけで癒されます……」

そう言った商人は、手を胸の前で祈るように組んで感動している。

何度も来てくれているのに、毎回すごく喜んでもらえるため太一も嬉しい。同時に、その気持ちがとてもわかると頷《うなず》く。

「二匹とも今日も元気いっぱいですよ」

「そのようですね。私はお茶――じゃなくてコーヒーとパスタセット、うさぎクッキーをお願いします。いやぁ、ここのコーヒーは美味しすぎてくせになりますね」

「ありがとうございます」

商人はいつも、お茶とパスタセットを注文してくれていた。けれど、リニューアルしたコーヒーを飲んだところ、大好きになってしまったのだ。

(恐るべし、コーヒーメーカー!!)

「できたらお持ちしますので、店内でゆっくりしていてください」

「はい！　さて、今日はどのおもちゃで遊びまちゅか～？」

太一が商人を促すと、すぐに頬を緩めてモナカのもとへ向かっていった。手には数種類のおもちゃを持っているので、遊び倒す気満々だろう。

「あはは、ごゆっくり」


太一が注文の品を作るために厨房へ行くと、ヒメリがコーヒーメーカーをキラキラした目で見つめていた。

その肩には、いつのまにかウメが乗っている。

(えっ、なにそれ俺の肩にも乗ってほしいんですけど!!)

うらやましい!!

気軽に、俺の肩にも乗らない？　と声をかけていいのだろうかと、太一は悩む。ウメは女の子だし、ルビーの恋人だ。

(言ったら最後、これはセクハラ……か？)

もし愛想をつかされて出ていってしまったら……そう考えると背筋が凍る。

太一がヒメリになんともいえない表情を向けていると、『注文ですか？』と、ルビーが太一の肩に乗ってきた。

「ルビー!!」

神か。

ほどよい重さが肩にあり、幸せに包まれる。太一はにやける表情を抑えられないながらも、「そうだよ」と頷く。

『あの不思議な道具で淹《い》れる飲み物です？』

「そうそう。あれ使うと、みんな興味津々だよな。ヒメリも釘付《くぎづ》けだし」

太一が笑いながら言うと、ヒメリがこちらを見て頬をふくらませた。

「仕方ないじゃない！　この道具、謎だらけで気になっちゃうんだもん。本当、いったいどうなってるの……？」

なぜこんなに美味しい飲み物が出てくるのかと、ヒメリはじーっとコーヒーメーカーを見つめている。その様子は、とても微笑ましい。

コップをセットしてボタンを押すと、ブシュウウゥと音を立ててコーヒーが出てくる。その光景が、どうにも気になってしかたがないようだ。

太一はそれを横目で見つつ、パスタセットを用意する。

内容は、レトルトのミートソースと新鮮なサラダ。

かなりお手軽ではあるのだが、これがまた美味しくて……会社員時代はとてもお世話になった思い出の味だ。

(俺が手作りするより間違いないだろうしな)

「タイチのほうは、いつもの商人さん？　コーヒーでいいのかな？」

「うん」

「じゃあ、セットしておくね」

常連客の頼むものは、ヒメリも把握してくれている。

コーヒーのスイッチを押して、カフェラテとうさぎクッキーを三つずつトレイに載せた。女性客の注文の準備が終わったようだ。

ヒメリは店内に戻り、「お待たせしました～！」と声をあげた。


続いて太一も注文の品を用意し終わり、店内へ戻る。

見ると、先ほどルークを撫でたいと言っていたお客さんが、店内の片隅でルークににじり寄っていた。少しずつ、距離を詰めているようだ。

「頑張ってる……！」

しかしあと少しというところで、ルークは起き上がって場所を変えてしまう。その際、お気に入りのビーズクッションも持っていくことを忘れない。

太一は心の中でファイトとお客さんを応援しつつ、もしやルーク専用のおやつを作ればいいのでは？　と、閃《ひらめ》いた。

（でも、ルークが撫でさせてくれるほどに美味しいおやつ……）

なかなかハードルが高そうだ。しかし、それぞれの好物をおやつとして販売できたら、楽しそうだなと太一は思った。

もふもふカフェの閉店作業をヒメリにお願いして、太一は一人テイマーギルドへとやってきた。夜にルークの散歩、もといご飯の材料になるドラゴン狩りに行くので、何か一緒に受けられる依頼はないか確認に来たのだ。

（ギルドランクを上げないといけないからな……）

太一は異世界に来た当初、戦いなどとは無縁に生きるつもりだった。もふもふカフェをしながら、のんびりゆっくり暮らしたい――そんな風に考えていた。

しかし、そうもいかなくなってしまったのだ。

その理由は――テイマーギルドで借りている物件が手狭になってしまったせい。もふもふが増えたので広くしたいのだが、ほかにいい物件がなかった。

なので、今の場所と周りの土地を買い取ろうと計画している。……が、これにも問題がある。なんと、太一のギルドレベルが足りなかった――！

太一のギルドランクはＦ。

物件の購入条件はギルドランクＤ以上なので、なんとランクを二つも上げなければいけない。ということで、ギルドで依頼を受けてランクを上げたいのだ。

（でも、戦うのとか苦手なんだよな……）

基本的に戦闘面の依頼はルークとケルベロスにお願いするが、太一としては従魔のお世話などの楽しそうな依頼がいいなぁ……なんて考えている。

そうしたら、新たなもふもふとの出会いだってあるかもしれない。


テイマーギルドは、大通りから二本入ったところにある大きな建物だ。

従魔には大きい魔物もいるので、一緒に入ることができるように建てられているのだろう。従魔も一緒に宿泊できる施設もあり、太一も当初はお世話になっていた。


「こんにちは～」

テイマーギルドに入ると、いつも通り閑古鳥が鳴いていた。本当にこの世界、というかこの街はテイマーが少ない。

太一は、もふもふカフェの影響でもふもふ好きやテイマーが増えたらいいなと思っているのだ。でなければ、第二のもふもふカフェができないからだ。

普通に、自分が経営する以外のもふもふカフェにも行ってみたい……！　という、欲。

（とはいえ、うちのもふもふたちが可愛すぎて満足ではあるんだけどな）

思い出しただけで、にやけてしまう。

すると、受付にいたシャルティがこちらを見た。

「いらっしゃいませ！　って、タイチさん――ん？」


太一の出現に、驚きキョロキョロするシャルティ。

外はねの水色の髪に、カラフルなヘアピン。白の上着と水色のスカートの制服が可愛らしい、テイマーギルドの受付嬢だ。

いつも太一がすごい魔物や大量の魔物を連れてくるので、太一が顔を見せるとついつい警戒してしまう癖がついてしまった。


案の定、シャルティは「あれ？」と不思議そうに太一の後ろを見た。

「ええと、新しく登録する従魔はどこですか？」

「今日は従魔の登録じゃないですよ」

「え？」

太一の言葉に、シャルティは目をぱちくりさせる。じゃあいったい何をしにテイマーギルドに？　とでも思われているのだろうか。

「依頼を受けに来たんです」

「ああ、依頼を――えっ、タイチさんがついに依頼を受けに!!」

シャルティは感動のあまり、目から大量の涙を流して喜んだ。

「嬉しい、嬉しいです！　物件の購入のためには依頼を受けてギルドランクを上げないとと言っていたのに、全然来てくれないんですもん！　来てくれてよかったぁ〜！」

「なかなか来られなくてすみません。何か、従魔のお世話の依頼とか――」

「タイチさん用のすごい依頼、たくさん用意しておいたんですよ！」

太一の言葉を聞き終わる前に、シャルティがどどんと依頼書の束をカウンターの上へと置いた。

その数は、軽く数十件ほどあるだろうか。

思わず、太一の頬がひきつる。

「いや、ちょっと待って……俺は初心者ですよ？」

「またまたぁ、あんなすごい従魔がたくさんいるのに、何言ってるんですか！」

「…………っ！」

（いったい何をさせようっていうんですか、シャルティさん！）

ひええっと、腰が引けてくる。

いっそこのままUターンをして帰りたい衝動に襲われるが――それだと、もふもふカフェを広くすることができない。

太一はぐっとこらえて、「お手柔らかにお願いします……」と観念した。

シャルティは依頼書を太一が見やすいように並べ、順番に説明をしてくれる。

「なんといっても、タイチさんにはルークがいますからね。魔物退治をお願いしたいんですよ！」

「ですよねー……」

ルークはとても強く、そこら辺にいる魔物だったら瞬殺だ。なんといっても、食べたいからという理由でドラゴンを狩ってしまうのだから。

討伐の依頼書には、オーク、ゴブリン、ウルフなどの比較的お手軽そうな魔物から、ちょっと強いとワイルドミノやプラチナゴーレムなどが書かれている。

(あ、どれもルークが倒したことのある魔物だ)

これだったら、まったく知らない魔物の討伐依頼を受けるよりも安心だろう。ルークが倒せるということは、わかっているのだから。

(さすがにドラゴン討伐の依頼とかはないのか)

ドラゴン討伐があればルークのご飯確保ついでに一石二鳥かと思ったが、残念ながらそんなものはない。というかそもそも、人間が安易に行ける場所にドラゴンがいることはないのだけれど……。

太一は悩みつつ、依頼の束へ視線を向ける。

「それよりも、従魔や魔物のお世話の依頼とかはないんですか？　もふもふしてたら、なお嬉しいです！」

これほど楽しい仕事はない！　そう確信している太一だが、シャルティは困り顔で苦笑した。

「タイチさんらしいチョイスですね。ないわけじゃないですけど、依頼料は討伐依頼ほど高くないですし、ランクアップも討伐依頼をこなしていくより遅くなっちゃいますよ？」

「うぅ……」

そう言われてしまったら、確かに討伐依頼のほうがいいのかと頭を抱える。

(今のままだと、従魔を増やす広さもないもんな……)

もし運命の出会いをしてしまったらいったいどうすればいいのか。家が狭いから一緒にいられないんだ、なんて――そんなことは言いたくない。

太一はぐっと堪《こら》えながら、頷いた。

「わかりました……討伐依頼を受けます。どうにかギルドランクを二つ上げて、家を大きくして、みんなが不自由なく過ごせるようにします！」

「さすがタイチさんです！　では、この依頼を順番にこなしていきましょう。大丈夫、ルークよりも弱い魔物ばかりですから！」

そう言って、シャルティが手続きをしていく。

まずは手始めに、オーク、コボルト、ウルフの依頼を受けた。

一気に三つも!?　と太一は焦ったが、シャルティの「タイチさんなら大丈夫！」という謎の信頼により決まってしまったのだ。

「討伐の証明部位を持ってきてもらう必要があるので、それだけは注意してくださいね」

「わかりました。どうにか頑張ってみます……」

討伐部位は、オークの耳、コボルトの爪、ウルフの牙だ。

正直に言うと、もふもふと触れ合っているだけの人生を送りたい太一には、なかなか、いやかなり、ハードルが高い。

魔物を倒せたとしても、その耳だったり爪だったり牙だったりを回収する度胸なんて太一にはない。冒険者は日ごろからこんなハードなことをこなしているのかと、ただただ尊敬するばかりだ。

（えぐい……ルークやってくれるかな……）

そんなことを考えながら、太一はもふもふカフェへ帰った。


ということで、夜。

太一はルークとともに、ドラゴンの肉を求めてもふもふカフェを出発した。

ケルベロスも行きたがったけれど、カフェに何かあるといけないのでお留守番だ。有事の際、カフェを守ってもらうのだ。

行き先は、ルークの足で数時間ほどの場所にある山。


「ひえぇ、寒いっ！」

太一はルークの背中に乗り、夜の寒い風をその身で受けていた。

『この程度で寒いとは、軟弱だぞ！』

「いやいや、ルークの素晴らしい毛並みと一緒に考えないでくれ」

上着をちゃんと着ているが、それでもやっぱり寒い。もう冬はすぐそこまできていて、雪が降ってもおかしくない寒さだ。

「そういえば、この辺って雪は降るのかな？」

首を傾《かし》げつつ、太一はルークの背中の毛に体をうずめるように姿勢を落とす。そう、ルークの毛はもふもふでとても暖かいのだ。

ルークはやれやれといった感じで、太一に負担があまりかからないように走るスピードを少し緩めた。

『雪は降っていた気がするぞ』

「じゃあ、かなり寒くなりそうだな。どれくらい積もるんだろう」

『オレよりは積もってなかったはずだ』

「基準……！」

ルークよりは積もらないというけれど、そもそもルークの体長は二メートルだ。そこまで積もったら、家から出るのも困難なレベルだろう。

（でも、その言い方だと結構積もりそうな感じだな）

もしかしたら、今から雪かき用の道具を用意しておいたほうがいいかもしれないと考える。店の前に雪があったら、お客さんが来られなくて大変だ。

そんなことを考えていたら、『いたぞ』とルークの声が耳に入る。

「ん？」

『オークだ。あれを倒すんだろう？』

「あ、そうだった。受けた依頼は、オークを一〇匹」

ルークは鼻が利くため、魔物の居場所を探すのが得意だ。

もちろんそれだけではなく、めちゃくちゃ強い。なんといっても、孤高のフェンリルだから――

だそうだ。

見ると、緑色で身長が二メートル近くあるオークの群れがいた。

それぞれ手にこん棒や盾など装備を持っていることもあって、かなり威圧感がある。

「討伐の証明にオークの耳も必要なんだけど……できるか？」

『人間とは面倒なことを要求するんだな』

とても面倒だと言わんばかりのルークの声に、太一は「同感だ」と苦笑する。

（しかし、依頼の討伐数はオーク一〇匹か……）

そんなに大変ではないのでは？　と、太一は思う。

今まで移動する際、通り道にいた魔物たちはルークが倒してくれていた。どんな魔物でも瞬殺だったので、太一は——実はこの世界の戦闘水準もろもろをあまり理解していない。

ルークが超絶強いということしかわからないからだ。

『ふん、オークごときにオレの必殺技は必要ないな！』

そう言うと、ルークは前脚でちょんと蹴る仕草をした。

すると、その可愛らしい——格好いい仕草とは裏腹に、鋭い疾風《しっぷう》が吹いていとも簡単にオークの体を真っ二つにした。

「——っ！」

オークは声もあげず、自分が殺されたということも気づいてないだろう。

太一は口元に手を当てて、顔を背ける。

魔物とはいえ、倒されて死んだところを見るのは初めてではないとはいえ……やはりなかなかキツイものがある。

(うぅう、やっぱり俺にこういう依頼は向いてない……)

無事にランクが二つ上がったら、絶対に平和に暮らそうと太一は心に誓う。そして近くを見ると、器用にオークの耳が風の刃《やいば》で切り落とされていた。

(さすがルーク、しゅごい……)

尊敬だ。

🐾 🐾 🐾 🐾

『帰ったぞ！　大事はないか？』

「ただいまぁ〜」

『『おかえり〜！』』

森や山を駆け回り、散歩――もとい運動とご飯の材料であるドラゴンを無事に狩ることができた。

そのため、ルークはとても機嫌がいい。

逆に、太一は疲れ果ててへとへとだ。

『なんだ、だらしないぞ。タイチはもっと運動をしろ』

「あれは人間の運動量の限界値を超えている……」

このまま床に倒れて眠ってしまいたい。そんなことを考えていたら、従魔たちが太一の周りに集まってきた。

もふもふの体や顔を太一の足にこすりつけて、嬉しそうにしている。

(え、かわ、可愛い……ここは天国か)

このまま昇天しても悔いはない。

『おかえり！　ちゃんとお留守番できたよ、エライでしょ！』

『問題なかったよ』

『でも、寂しかったぁ～！』

とは、ケルベロス。

『みーっ！』

『にゃうぅん～』

ベリーラビットとフォレストキャットたちは喋ることができないので、可愛く鳴いてすりすり甘えてくれる。

「可愛い可愛い可愛い……！」

語彙力《ごいりょく》が消失した。

もふもふ最高だ。

『おかえりなさい、タイチ』

『怪我《けが》はないようだね』

最後に、ルビーとウメが出迎えてくれた。魔物も狩ってくると言っておいたので、心配してくれたようだ。

「この通り無事に帰ってきたよ」

（みんないい子だ……）

これは頑張って、狩れたて新鮮なドラゴン肉で美味しいおやつを作ってあげるしかない。太一は今、可愛いもふもふたちのために燃えている！

疲れは吹き飛んでしまった。


ということで、さっそく厨房へやってきた。

といっても、太一にはドラゴンの肉を調理することはできない。自力でおやつ用に加工しようなんて、無理寄りの無理だ。

「でも、俺には強い味方――スキルがある！」

猫の神様が授けてくれたテイマーのスキル、【おやつ調理】。

材料を揃《そろ》えた状態でスキルを使うと、魔物のおやつを作ることができる。

これを使うと、あっという間に美味しいおやつができてしまうのだ。さらに、人間が食べてもとっても美味しい。

もふもふカフェで販売しているうさぎクッキーも、このスキルで作っている。

「よーし、ドラゴンの肉を使って【おやつ調理】っと！」

《調理するには、材料が足りません。『薬草の粉末』『魔力塩』があれば『ドラゴンジャーキー』を作れます》

太一がスキルを使うと、材料が足りないと出た。ドラゴンの肉は調理台の上にあるので、ほかの調味料を取り出す。

スキルで料理ができるということもあって、この手のものは一通り揃えてあるのだ。

「魔力塩はちょっと高かったけど、買っておいてよかった～」

しかし、薬草の粉末は持っていない。

「調味料っていう区分ではない……のかな？　ファンタジーアイテムだったのかもしれない」

薬草の粉末はないけれど、薬草なら手元にある。

（これをすり鉢ですってみるのはどうだろう？）

本来ならば乾燥させたものを使わなければいけないが、この世界に乾燥マシーンなんて便利なものはない。

「まあ、駄目元でやってみるか」

薬草はいっぱいあるので、失敗しても問題はないだろう。ということで、すり鉢に数枚の薬草を入れてすりつぶしていく。

ゴリゴリゴリゴリ……。

乾燥させていないのでサラサラにはならなかったけれど、ある程度細かくはなった。

「ん～、スキルで確認してみるか……【慧眼《けいがん》】っと」

すると、すった薬草の情報が頭の中に浮かんでくる。

「えーっと『質の悪い薬草の粉末』か……」

なんとも微妙な判定だ。

太一が使ったスキルは、いわゆる鑑定の役割をしてくれるものだ。

猫の神様が授けてくれた固有スキル、【慧眼】。

すべてを見通すことができるスキルで、スキルを発動した対象の詳細情報を知ることができる。

おそらく、質が悪い点を気にしなければ問題なくドラゴンジャーキーは作れる気がする。しかし、それではドラゴンを狩ってくれたルークに申し訳ない。

「かといって、自分のスキルじゃどうしようもないしなぁ……」

しかしふと、もしかしてフライパンで炒《い》ってみればいいのでは？　と、思いつく。昔、テレビで茶葉を炒るということをやっていたはずだ。

（確か、香りがよくなったんだよな）

太一はやってみる価値ありと考え、フライパンを手にする。

「まずはフライパンを温めて……っと」

いったん濡《ぬ》れふきんで冷やし、それから質の悪い粉末を炒っていく。さっと水分を飛ばすくらいで様子を見る。

薬草の粉末は色が鮮やかになり、先ほどよりも体によさそうだ。

「おお、これは結構いいんじゃないか？」

もう一度、慧眼を使って鑑定をすると、『薬草の粉末』になっていた。

「よっしゃ！」

思わずガッツポーズだ。

ほっと胸を撫でおろし、さあもう一度チャレンジ。

「美味いのができますように、【おやつ調理】」

太一がスキルを使うと、調理台の上にあった材料が一瞬で消える。それと交換する形で、袋に入ったドラゴンジャーキーが出てきた。

一袋に三枚入りで、赤く、硬そうな肉だ。

「おぉ、これがドラゴンジャーキーか……」

ドラゴンステーキは食べてみて美味しかったけれど、ジャーキーはどうだろうか。太一は袋を開けて、おそるおそる口にしてみた。

「………かひゃい」

さすがはドラゴンジャーキー。普通のジャーキーより硬さがあって、噛《か》むのがなかなか大変だ。

（でも、ルークにはちょうどいいかも？）

柔らかい肉ばかりより、こういった硬いものも食べたほうがいいだろう。

「……でも、噛めば噛むほどドラゴンの旨味《うまみ》が出てくるな」

最初は硬くて嫌だなと思ってしまったけれど、病みつきになるかもしれない。

（……もう一枚、味見しておくか）

太一がドラゴンジャーキーに手をのばした瞬間、勢いよくドアが開いた。おそらく、ドラゴンのいい匂いがしたのだろう。


『まだか、タイチ――!?』


「――あ」

『…………』

ドラゴンジャーキーをくわえた太一を見たルークの顔から、表情が消えた。

ジトーッと見つめてくるルークに、太一はたじろぐ。

「いやいやいやいや、別に独り占めしようとか、そういうわけじゃないぞ？　ちょっと味見をしてみようと思っただけで――うっ」

『『『…………』』』

太一が謝罪の言葉を口にすると、ルークを追ってやってきた全員の視線が突き刺さってきた。

これはまずい、そう考えるよりも早く太一は「ごめん！」と謝った。

「ルークが狩ってくれたドラゴンの肉で作ったんだから、俺が味見するより先にルークに声をかけないと駄目だよな」

太一がしょんぼりして素直に謝ると、ルークは仕方がないとばかりに鼻息を荒くした。

『……ふん、まあいい！　許してやろう。俺は寛大なフェンリルだからな！』

「さすがは偉大なるフェンリル様だ。すぐにおやつの用意をさせていただきます」

太一はうやうやしく礼をして、ドラゴンジャーキーを一つ取り出す。

それを見て、ほかの従魔たちも太一の足元へわらわら集まってくる。その様子は最高に可愛いけれど、まずはルークからだ。

「はい、ルーク。よく噛んで食べるんだぞ」

『んむ』

差し出すと、ルークがドラゴンジャーキーへかぶりついた。太一には苦戦を強いられた硬さだったけれど、ルークにとっては一噛みだ。

しかし太一が言ったことを聞き、味わうように噛んで食べてくれている。

噛むごとにルークの表情がとろけて、尻尾の揺れが大きくなっていく。こんな姿を見せられてしまったら、いくらでもあげたくなってしまう。

すると、『ボクたちにも～！』とケルベロスが飛びついてきた。

「ちゃんとみんなの分もあるから、落ち着いて」

『『『は～い！』』』

ケルベロスが元気に返事をしてくれるが、先にもふもふカフェの先輩のベリーラビットからだ。ドラゴンジャーキーを食べやすい大きさに切って、お皿へ載せてあげる。

『みっ！』

『みみ～！』

「ゆっくり味わって食べるんだぞ」

ベリーラビットたちが食べるのを見て、ケルベロスの目が輝いている。ハグハグ必死に食べるのを見て、すごく美味しいと判断したのだろう。

（いや、実際めちゃくちゃ美味い！）

「ほら、ピノ、クロロ、ノール」

『『『わぁ～い！』』』

太一はケルベロスの名前を読んで、それぞれ一つずつ食べさせてあげる。

『ふわあぁぁ、美味しーい！』

『控えめに言って最高』

『お留守番のご褒美だ～！』

想像以上に美味しかったらしく、ケルベロスは必死にドラゴンジャーキーをかじかじしている。

それからフォレストキャットとルビーにあげると、みんな美味しそうに食べてくれた。

『『にゃ〜ん』』

『ん、美味しいわ！』

『どどど、ドラゴンの肉を自分が齧《かじ》っているとは！』

ウメは上品に食べ、ルビーはいろいろなことに驚愕《きょうがく》している。けれど美味しかったようで、うっとりしている。

（よかった、みんな気に入ってくれて）

ルーク専用のおやつとしてメニューに加えようと思っていたが、全員用のおやつにしても問題はなさそうだ。

（むしろ俺が食べたい……）

そこでふと、メニュー名と値段に悩む。

「ドラゴンジャーキーって名前だと、驚かれるんじゃないか……？」

この世界にはドラゴンがいるとはいえ、人々に馴染《なじ》みがあるわけではない。それどころか、ドラゴンが出たらパニックになってしまうだろう。

そこに強い冒険者がいなければ、村や街は滅ぼされてしまう……なんてこともよくある話で。

「それに、値段もどうしよう？」

苦労して狩ってきたドラゴンの肉を、安い値段で提供するのもルークに申し訳ない。

「うぅ〜ん」

これは困った、どうすべきか。

ヒメリに相談してみようかな？　と思っていたら、ケルベロスが太一の足をよじ登って太一の肩に乗ってきた。

『美味しかった～！』

『この美味しいやつ、お店に出すの!?』

『お客さんからもらえるの、嬉しい』

「あー……」

ケルベロスは、お客さんからドラゴンジャーキーをもらえるらしいことに気づいたようだ。尻尾を振って、『楽しみ』と太一の頬をペロペロと舐《な》めてきた。

ドラゴンジャーキーがよっぽど気に入ったようだ。

ちらりとルークを見てみると、眉間にしわを寄せて目を細めて難しい顔をしていた。

おそらく、お客さんから食べ物をもらうのは嫌だがドラゴンジャーキーは食べたいと葛藤しているのだろう。

「んー……値段をちょっと高めにして、メニューに載せようか」

『『『わーい』』』

ケルベロスが喜び、ルークはまだ葛藤している。ほかの従魔たちもお客さんからおやつをもらうことに抵抗はないので、嬉しそうだ。

（ルークには俺からあげよう）

こうして、もふもふカフェにおやつメニューが増えることになった。


そして、翌日。

「ちょっと、この新メニューのおやつなんなのー!?」

朝から、もふもふカフェにヒメリの驚いた声が響き渡った。

新しいメニューの『ジャーキー』を味見してもらったのだが、その美味しさに驚いたようだ。

「どう?」

「いや、どうって……いや、いや、でもタイチが作るものだし……」

ヒメリは壁に向かってぶつぶつ言い、ひとしきり「あり得ないくらい美味しい」と呟《つぶや》いて太一を見た。

「……というか、これ、なんのお肉なの?」

食べても味では判断がつかないと、ヒメリが不思議そうにしている。鳥でも、豚でも、牛でも、羊でもない。

「えーっと……魔物の、ウルフだよ。ルークと一緒に討伐依頼を受けてさ。そのときに狩ったウルフの肉を使ったんだ」

「ウルフ! 確かにウルフは食べたことないけど、ウルフがこんなに美味しかったらもっと有名になってるはずなんだけどなぁ……どっちかっていうと、数も多くて狩ることも多い魔物だし」

ヒメリが疑いの目で見てきたので、太一は思わず視線を逸《そ》らす。そのままにっこり笑って、「そろそろ開店時間だった！」と、逃げるように厨房を出た。

ドアを開けると、並んでくれているお客さんがいた。

「いらっしゃいませ！」

新メニューの『ジャーキー』を加えて、今日も元気にもふもふカフェは営業中です。

閑話　美味しいカリカリを探せ！

『みゃうぅ～』

「ん？」

なんだか切なげな声がして太一《たいち》が振り返ると、フォレストキャットの何匹かが、ご飯の器にけりけりと砂かけの動作をしていた。

「え、なんだ……？」

まるで、これはいらないというような様子に、太一は困惑する。しかもご飯はあまり減っていないので、心配だ。

ご飯に砂かけをしたのは、サクラ、ユーカリ、サツキの三匹。シラカバは食べてはいるが、あまり食が進んでいないようだ。

「そうだ、お買い物スキルで猫の飼育の本を買ったんだった」

ということで、読んでみる。


太一が本を読んでいる間、フォレストキャットのボスであるウメがみんなのところへ様子を見に回ってくれていた。

『アンタたち、全然食べてないじゃないの』

『みゃうぅ』

ウメたちを横目で見つつ、太一は急いで該当するページを確認する。

（猫がご飯に砂をかけるときは……あった！）

読んでみると、猫がご飯に砂をかける仕草をする場合は、なんパターンかあるらしい。

「もうお腹がいっぱいで、後で食べるために隠そうとしている……これは違うっぽいな」

ほとんど食べていないので、お腹は空《す》いているはずだ。

「それから、ご飯が気に入らない場合。…………もしかして、これか？」

美味《おい》しそうに食べている子もいるけれど、そこまで嬉《うれ》しそうじゃない子もいる。なるほど、食の好みの問題だったのかもしれないと太一は気づく。

『ごめんなさいね、タイチ。あの子たちったら、ご飯を残すなんて……』

ウメが太一の肩へ乗ってきて、謝罪の言葉を口にした。ご飯はとても大切なもので、お腹いっぱい食べられることに感謝しなければいけないのに……と、ウメはご立腹だ。

太一はといえば、確かにそうだと思いつつ――みんなのことを考える。

「思えば、毎日ほとんど同じご飯だもんな。飽きたりすることだって、あるよ。幸い、ご飯はいろんな種類があるから、みんなが気に入るのを探してみよう」

『タイチ……』

『みゃ〜』

太一の言葉を聞いて、ほかのフォレストキャットたちも集まってきた。

「よーし、お買い物スキルを使って美味しいカリカリを見つけよう！」

『『にゃ〜ん』』

えいえいおー！　と、太一は拳を振り上げた。


スキルを使い、五種類のカリカリを用意した。

（この世界の食材で猫まんまみたいにご飯を用意してもいいけど、栄養が難しそうだからなぁ）

それに、自分で作ると塩分なども気になってしまう。

そういった面を考慮すると、手作りよりも購入したほうがフォレストキャットたちの体にいい。

太一がカリカリを準備していると、ウメとルビーがやってきた。

『驚いた、こんなにたくさんご飯の種類があるのね』

『どれも美味しそうですねぇ』

ウメは瞳をキラキラさせて、ルビーは食べたそうにしている。が、残念ながらこれはフォレストキャットたちのご飯だ。

「この中に、気に入ってくれるご飯があるといいんだけど」

『みんな、おいで！』

ウメの号令で、店内にいたフォレストキャット全員が集まってくる。……が、みんなカリカリの匂いにうずうずしているけれど……。

『にゃ～！』

『にゃにゃっ！』

止まらない！　とでも言うように、いっせいに用意したカリカリに食いついた。すると、あっという間に完食――――！

(ゆっくり観察してる余裕もなかったな……)

太一は苦笑しつつ、「美味しかったか？」と頭を撫《な》でながら聞いていく。すると、フォレストキャットたちはそれぞれ自分の気に入ったカリカリの前へ並んでみせた。

「おお！　教えてくれるなんて、偉いぞ～！」

『まったく、自分の好きなご飯をもらおうなんてちゃっかりしてるんだから……』

と言っているウメだが、自分こそちゃっかり気に入ったカリカリのところに並んでいる。

(なるほど、これがみんなのお気に入り――――って)

「サクラ、どうしたんだ？」

『にゃうぅ……』

耳と尻尾をへにょりとさせて、サクラは申し訳なさそうな顔をしている。もしかしたら、気に入るカリカリがなかったのかもしれない。

「そんな顔しなくても大丈夫だよ、サクラ。違うカリカリを食べてみよう」

『みゃ！』

「ということで、もう一回【お買い物】！」

スキルの発動と同時に、メモ用紙が現れる。それに違う種類のカリカリを書き、猫の神様に買い物をお願いする。

どうにか、サクラが気に入るカリカリがあるといいのだけれど……。

しばらくして、太一の手元に新しいカリカリが現れた。

パッケージが薄ピンクで、桜の写真が添えられているパッケージだ。

「おお、桜だ」

『みゃ？』

「あ、ごめんごめん、サクラを呼んだわけじゃないんだ」

呼ばれたと勘違いしたサクラは、不思議そうに太一のことを見つめてくる。太一はパッケージの桜の写真を指差してサクラに見せる。

「この花は、桜っていうんだよ。サクラの体にある模様に似てるだろう？　だから、サクラの名前はこの花からもらったんだ」

『みゃうぅ～！』

『こんな素敵な花だったのね』

サクラは喜び、ウメもじっとパッケージの桜を見ている。この世界に来てから桜は見ていないので、この国の周辺にはないのかもしれない。

「んじゃ、さっそく試食タイムにしようか」

袋を開けて、カリカリをお皿によそう。すると、サクラが興味津々な様子でお皿に近づいてきた。

ゆっくり匂いを嗅いで、好みかどうかを確認しているみたいだ。

(気に入ってくれるといいんだけど……)

見ている太一が一番ドキドキしているかもしれない。

「どうかな……？」

『……んみゃ』

サクラはゆっくり口をつけて、カリカリを一口食べた。カリッと噛《か》み砕く音が聞こえ、もぐもぐしているのがわかる。

そしてすぐに、急いで食べ始めた。

『みゃっ！』

「お、気に入ったのかな？」

『みゃ〜！』

今度のカリカリはサクラの好みにぴったりだったようで、夢中で食べてくれている。あっという間に完食してしまった。

(よっぽど美味しかったんだなぁ)

ここ最近はあまりご飯を食べられていなかったので、太一は安堵《あんど》する。フォレストキャットたちに対する心配事が、なくなった。

「んじゃ、サクラは明日からこのカリカリだな」

『みゃうぅ～』

また食べられることが嬉しいのか、サクラは太一の足に頭をこすりつけて尻尾を絡めてきた。可愛《かわい》い高い声で『にゃ～』と愛情表現をされたら、応えるしかない。

(明日からも美味しいカリカリを提供しよう……)

そしてまた餌に飽きてしまったら、もっと美味しいカリカリを探そう……。太一は可愛いサクラを見ながら、そう神に誓った。

2 目指せランクアップ！

街じゅう、主にギルドまわりがざわついていた。

それは、どんなに強い魔物の討伐依頼を受けても、翌日にさらっと達成報告をしてくる奴がいる！　という噂《うわさ》が原因だ。

その人物は大きなウルフ――ウルフキングを連れていて、並みの冒険者では話しかけることもできないほどの威圧感を放っているのだとか。


冒険者ギルドで依頼掲示板を眺める冒険者たちも、その噂でもちきりだった。

「おいおい、聞いたか？　どんな討伐依頼でも、一晩でこなしちまう奴がいるらしいぞ。普通は数日かけて討伐するってのにさ」

「聞いた聞いた！　しかも、同時に複数の依頼を受けるとか」

普通は一つずつ依頼を受けるのに、とんでもない奴だと冒険者たちは話す。

「しっかし、テイマーなんて使えないと思ってたのに」

「従魔次第では、どうとでもなるんだなぁ」

「ばっか！　その従魔を手に入れてるっていうのがすごいんじゃねえか！」

きっといかつい大男だと、冒険者は笑いながらすごんでみせた。

テイマーギルドの扉を開けて、太一《たいち》は「こんにちは」とシャルティのいる受付へ行く。

「タイチさん！　いらっしゃいませ」

「昨日受けたオーク討伐の依頼、終わったので報告に来ました」

「……ええと、昨日の夕方にお願いした依頼ですよね？　上手《うま》く説明できてなくてすみません。今回の依頼は、初日にお願いしたオーク一〇匹と同じ依頼じゃなくて、集落を殲滅《せんめつ》するっていう依頼だったんですよ」

わかりづらかったですねと、シャルティが謝った。しかし、太一にはその理由がよくわからない。

（ちゃんとオークの集落を殲滅してきたんだけど……）

太一とシャルティの間に、何か勘違いがあるようだ。

「さすがにオークの集落を一晩で……っていうのは無理なので――」

シャルティがそう言うのと同時に、太一は討伐証明部位のオークの耳をカウンターの上へ置いた。

ドサドサっといい音がして、その数は軽く一〇〇を超えるだろうか。

「…………っ！」

シャルティは驚きに目を見開いて、大きく息をはいた。

「そうでした……私はタイチさんが何をしても驚かないって決めたんでした……。でも、さすがに一晩でオークの集落殲滅はすごいの一言です。普通は、ちょっとずつ見張りのオークを倒したりするので、数日かかるんですけどね……」

すごく大変なのだというシャルティの言葉に、太一は頬《ほお》がひきつる。まさかそんな、ルークが一〇分程度でやってくれたなんてそんな、言えない。

太一はアハハと苦笑しながら、依頼達成の処理をしてもらう。

「あ！　今回の依頼でタイチさんのギルドランクが上がりました！」

「えっ、本当ですか!?」

「はい。タイチさんは、今日からEランクですよ！」

「おおぉ、おおぉぉ～！」

ルークと一緒に依頼を受け始めて、まだ一〇日ほどだ。もっと時間がかかるかと思っていたので、とても嬉《うれ》しい。

「やった！　ありがとうございます!!」

太一はぐっとガッツポーズをして、喜びをあらわにする。

「物件の買い取りができるようになるまで、あと一つですね」

シャルティの言葉に、太一は大きく頷《うなず》く。

当初は長い道のりだろうと思っていたが、ここまできてしまえば目前な気がする。

窓から庭に出られるようにしようとか、部屋同士の壁に猫ドアをつけようとか、いろいろなことが頭の中に浮かんでくる。

（うおぉ、楽しみだ！）

家に帰ったら、スキルを使って建築やインテリア関係の本を購入して勉強しておくのもいいだろう。

「シャルティさん、次の依頼をお願いします！　このまま一気にランクを上げて、もふもふカフェを大きくします!!」

「気合が入ってますね〜……」

燃える太一に、しかしシャルティは申し訳なさそうに眉毛を下げた。

「？　シャルティさん？」

「……実は、もう依頼がないんですよ」

「えっ!?」

シャルティの言葉に、太一は口を開いて驚く。

依頼をこなさないとギルドランクが上がらないので、そうなるといつまでたっても物件を購入することができない。

「どうして依頼がないんでしょう？」

「うちのギルドは、もともと依頼が少ないんですよ」

「ああ……」

いつ来てもテイマーがいない。

ギルド職員は何人か見たことはあるが、受付にいるのは基本的にシャルティさんだけだ。そのくらい、もともと依頼が少ないのだ。

（テイマーの数が増えないっていうのも、問題だよなぁ……）

せっかく太一がもふもふ魔物のよさを広めても、そのもふもふ魔物をテイミングしてくれる人が増えなければどうしようもない。

かといって、一般人にテイマーになって魔物をテイミングしろ！　と言うわけにもいかない。

（もっとこう、小さい子が『将来の夢はテイマー！』みたく言ってくれる世の中にしなければいけないのでは……？）

そうすれば、自然ともふもふに関連するお店も増えるはずだ。

「少ない依頼を、タイチさんが全部達成してしまったんですよ。私もこんなに早く達成するとは思わなくて……。明日には新しい依頼が入ると思うので、もうちょっと待ってもらっていいですか？」

「明日ですね、わかりました」

数週間後と言われたら長いと思うけれど、明日であればまったく問題ない。家で従魔たちとのんびり過ごしていればあっという間だ。

「それじゃあ、また明日来ますね」

「はい、お待ちしています」

太一は手を振り、テイマーギルドを後にした。


家に帰ると、『おかえり〜』と従魔たちが迎えてくれる。そのなかでも、ケルベロスが元気よく突進してきた。

『おみやげは～!?』

「え、お土産!?　ギルドに行ってきただけだから、何も買ってないな……」

これは困ったなと、瞳をキラキラさせていたケルベロスを見る。すると、あざと可愛《かわい》いようなうるうるとした目でじぃっと見つめられてしまう。

『ないの？』

『残念……』

『じゃあ、一緒に遊ぼう～！』

ボールをくわえたケルベロスが太一に飛びついてきて、尻尾を振る。しかし、ベリーラビットとフォレストキャットから『みーっ！』『にゃん！』と待ったの声が。

どうやら、みんな太一に構ってほしいらしい。

(ああもう可愛すぎてたまらん……!!)

今日は依頼も受けなかったので、満足いくまで遊んであげよう！　と、おもちゃを手にする。みんな大好き、ボールの出番だ。

そこでふと、ビーズクッションでゴロゴロしているルークの尻尾が揺れていることに気づく。遊びたいけれど、孤高のフェンリルが一緒に遊ぶとは言いづらいのだろう。

(まったく……そんなところも可愛すぎる)

飼い主はうちの子が一番とはよく言うが、まったくもってその通りだと思う。ルークとはあとでたっぷり遊んであげよう。

まずはたくさんのボールを抱えて、それを店内に散らばるように投げる。

すると、ベリーラビットたちが耳をぴこぴこっとさせてボールを追いかけていく。手でちょんちょんとボールに触れて、転がして遊ぶ。それを追いかけているうちに、二匹のベリーラビットがぶつかり合って一緒にくるりと前に一回転してしまった。

『みみっ』

『みぃ〜〜っ！』

小さいベリーラビットが転がっていると心配になるけれど、当の本人はけろりとしていて楽しそうだ。

ボールをコロコロ転がすベリーラビットたちの中には、いつのまにか数匹のフォレストキャットも交ざっている。どうやら楽しそうな様子を見て、我慢できなかったようだ。

数匹のフォレストキャットは、それぞれお気に入りのねこじゃらしをくわえて太一のところへやってきて、これで遊べと、おねだりをしてくる。

太一の手は二本しかないのだが……ねこじゃらしを持ってきたのは三匹。ちょっと手が足りないぞと考えていたら、『任せてよ〜』とケルベロスがねこじゃらしを一つくわえてみせた。

「え、もしかして……」

『これをふりふりして遊べばいいんでしょ？　ユーカリ、ボクが遊んであげるよ！』

ケルベロスはもふもふっとした胸を張って、くわえたねこじゃらしをふりふりさせる。

長い紐《ひも》がついたタイプのねこじゃらしで、ケルベロスが走ると紐が揺れる。それが面白いようで、フォレストキャットのユーカリがダッシュで追いかけていった。

（楽しそうで何よりだ）

これはもう、あとでケルベロスとたっぷり遊んであげないとなと太一は微笑《ほほえ》ましくその光景を眺めた。


——翌日。

「ふあああぁぁ、今日もいい天気だ」

太一は店の裏庭にやってきて、ぐぐーっと伸びをする。

その横では、ケルベロスがボールをコロコロ転がして遊んでいてとても微笑ましい。ウメとルビーはベンチに座って話をしているようだ。

今日はテイマーギルドへ行って、依頼を受ける予定になっている。なお、もふもふカフェは定休日だ。

たまの休日くらいのんびりしたいけれど、ランクアップのためにも受けられるときに依頼をこなしておきたい。

「のんびり仕事をするために依頼を受けなきゃいけないなんて、思いもしなかったよ……」

異世界とはなんともハードなものだ。

ルークを連れてテイマーギルドへ行こうと考えていると、「おーい」と呼ぶ声が聞こえてきた。見ると、グリーズ、ニーナ、アルルの三人がいた。

「あ！　おはようございます」

彼らは冒険者をしているパーティで、もふもふの虜《とりこ》になってしまったカフェの常連でもある。

なにかと太一の規格外さを察しているが、末永く平和にもふもふカフェへ通いたいこともあって、気づかなかったことにしてくれている。


小さくて可愛い動物が好きだが、いかつい顔のせいで怯《おび》えられていたグリーズ。

もふもふカフェの魔物たちはそんなことを気にはしないので、懐《なつ》いてもらえていることに鼻の下を伸ばしている。

重厚な装備をつけている、前衛職のソードマンだ。


元気いっぱい、もふもふ大好きのニーナ。

もふもふカフェに通った結果、美味《おい》しいお菓子を食べすぎてしまってダイエットをしたりしていた彼女だが、スレンダーでスタイル抜群。

オレンジのバンダナが似合う、後衛職のハンターだ。

ツンとした態度だが、実はもふもふが大好きなお嬢様アルル。

普段はパーティの三人でもふもふカフェへ来るのだが、アルルだけは一人でも来てくれるほど密《ひそ》かなもふもふ好き。

赤色の宝石のついた杖《つえ》を持つ、後衛職の魔法使いだ。


太一は裏庭から表へ行き、けれどこの三人は今日が定休日ということを知っているはずだけど、と首を傾《かし》げる。

何かあったのだろうか？

グリーズがすぐに、手を上げて話しかけてきた。

「休みのところ、いきなりすまないな」

「いえいえ。どうかしましたか？」

どうやら用事があったようだ。

「立ち話もなんですし、中へどうぞ」

「わ、やったぁ〜！」

太一がカフェの扉を開けると、ニーナが飛び跳ねて喜んだ。定休日にももふもふたちと触れ合えるかもしれないと思って、嬉しかったのだろう。

それを見たグリーズが諫《いさ》めるような視線を送るが、ニーナはぺろりと舌を出して笑ってみせた。

グリーズたちにカフェラテとお茶菓子を用意して、太一は話を聞くことにした。

ちなみに準備している間は、三人ともももふもふたちに癒《いや》されまくっていたのは言うまでもないだろう。

「それで、何かあったんですか？」

「ああ、実は……俺たちのパーティとタイチさんで、依頼を受けることになりそうなんだ」

「え？」

思いがけない言葉に、太一はぽかんとする。

そんな話はシャルティから何も聞いてない――と思ったが、今日はまだテイマーギルドへ行っていないので、太一まで連絡が来ていないだけかもしれない。

「俺たちもさっき聞いたばっかりで、まだ正式に受けたわけじゃないんだが……」

「タイチさんとの依頼って聞いて、いてもたってもいられなくなって来ちゃった！　ってわけ」

どうやらもふもふカフェに来たかったのはニーナだったようだ。ちゃっかり膝にベリーラビットを乗せているところが抜け目ない。

ちなみに、アルルの足元にもベリーラビットとフォレストキャットがいる。

つまりグリーズたちは、太一と一緒に受ける共同の依頼の話を聞いたからここへ来たようだ。

（なるほど）

しかし、太一的には誰かと一緒に依頼を受けることなんて考えていなかった。

確かに仲間内でワイワイ冒険ができれば楽しいだろうが、太一は間違いなく足手まといになるし……なによりルークの強さが規格外なのだ。

(依頼を受け始めてから、シャルティさんの驚き顔をいったいどれほど見たか……)

しかし、グリーズたちは知り合いなので、断るのも申し訳ない。何より、太一と一緒に依頼を受けられることを楽しみにしてくれている。

どうしたものかと悩みつつ、グリーズを見た。

「どんな依頼なんですか？　戦闘が激しいのはちょっと……」

「……ああ、それなら大丈夫だ」

グリーズは、いやいやいやいやそこのルークさん戦闘大得意ですよね？　と言いたいのを飲み込み、依頼の内容を説明してくれた。

「今回の依頼は、冒険者ギルドからテイマーギルドへの協力要請っていうかたちになるんだ」

「最近はそういうこともなかったんだけど、タイチさんは凄腕《すごうで》テイマーとして冒険者ギルドでも噂になってるからね！」

「まあ、あなたとなら協力するのもやぶさかではないわ」

今回の依頼は、森から山にかけての生態調査。

魔物や植物の状況を調べ、異変などが起きていないか調べるものなのだという。

パーティ構成は、魔物との戦闘をメインに行う冒険者。そこに、テイマーとアルケミストが加わり三パーティ体制になるのだという。

テイマーには魔物を何匹かテイムしてもらい、その魔物との会話で現地に異変はないか、魔物が怯えていたりはしないか、ということを確認する。

アルケミストは、薬草などの生息状況を確認する。今まで通り育っているか、極端に増減しているものはないか、などだ。


「つまり、俺の仕事は現地の魔物をテイムして話を聞く……っていうことですね？」

「そういうことになるな」

話を聞き、太一はなるほどと頷く。確かにこれならば、テイマーとしての自分に声がかかるのも頷ける。

（森と山にかけての調査か……新しいもふもふとの出会いがあったりするのかな？）

つい、そんな期待を抱いてしまう。

「内容的には問題ないですけど、期間とかはどうなりますか？　あんまり長いと、カフェがあるので……」

いきなり長期間不在にしては、アルバイトをしてもらっているヒメリにも迷惑をかけてしまう。

かといって、依頼の開始時期によっては新しいアルバイトを雇うのも難しい。

「いろいろ準備もあるだろうってことで、一週間後くらいを想定してる。調査は数日ほどだと思う」

「一週間後ですか……。とりあえず、ヒメリに相談してみてからの返事でもいいですか？」

「ああ、もちろん。ただ、この街にはテイマーが少なくてな……受けてもらえるとこっちとしても助かるんだ」

「わかりました」

グリーズ曰《いわ》く、今まではテイマーなしで行くことも多かったようだ。

すぐには返事をできないということで、今日は解散となった。


グリーズたちの話を聞いた太一は、さっそくテイマーギルドにやってきた。シャルティから、依頼の詳細を聞くためだ。

「こんにちは」

「いらっしゃい、タイチさん！　お待ちしてたんですよ～！」

ギルドに入ると、シャルティがぱっと顔を輝かせて太一を迎え入れた。

「もしかして、共同依頼の件ですか？」

「あれ、もう知ってるんですか？」

「知り合いの冒険者が受ける依頼みたいで、さっき聞いたんです」

太一がグリーズたちから聞いたことを説明すると、シャルティはなるほどと頷いた。

「それなら話が早いですね。依頼の内容は、タイチさんが説明してくれた通りで間違いないです」

依頼の開始は一週間後で、調査はだいたい三日～五日ほど。

テイマーは森と山で魔物を数匹テイミングし、可能であれば会話スキルで話を聞く。それが不可能であれば、テイミングした魔物の様子を見るだけでいいということだ。

「もし異変があって、魔物が大量発生！　なんてことになったら大変なので、こういった調査も定期的にしてるんですよ」

「そういう地道な調査があって、俺たちが街で平和に暮らせるんですね」

面倒なところもありそうだけれど、とても大切な仕事のようだ。太一の言葉に、シャルティも「その通りです」と頷いた。

「タイチさんはテイミングも会話も、どっちも問題ないですよね？」

「はい、大丈夫です」

中には、レベルが低かったり、スキル自体を持っていないというテイマーもいるのだとシャルティが教えてくれた。

太一の場合は、猫の神様が大サービスしてくれているので問題ない。

シャルティが書類の確認をしている間に、こっそり自分のステータスを確認する。

「【ステータスオープン】っと」

相変わらず、チートなスキルたちが並んでいる。

とりあえず、依頼の内容は大丈夫そうだ。

強いてあげるならば野宿するという点だが、男なのでそこまで気にはならない。むしろ、キャンプみたいで楽しそうだなんて感想を持ってしまう。

氏名・年齢

タイチ・アリマ / 28歳

職業

もふもふに愛されし者

固有スキル

【異世界言語】	Lv∞	異世界で会話・文字の読み書きを行うことができる。
【慧眼】	Lv∞	すべてを見通すことができる。
【もふもふの目】	Lv∞	もふもふの魔物・動物と視界を共有できる。
【創造(物理)】	Lv∞	無機物であればなんでも作れる。
【お買い物】	Lv∞	猫の神様に日本でお買い物をして来てもらえる。

職業スキル

【テイミング】	Lv∞	魔物をテイミングすることができる。
【会話】	Lv∞	テイミングした魔物と会話をすることができる。
【調教】	Lv∞	仲間の魔物が命令を聞いてくれる。
【索敵:魔物】	Lv∞	魔物の居場所がわかる。
【やっちまえ!】	Lv∞	仲間の攻撃力が上がる。
【慎重にいこう!】	Lv∞	仲間の防御力が上がる。
【絶対勝てる!】	Lv∞	仲間の魔法攻撃力が上がる。
【ヒーリング】	Lv∞	テイミングされた魔物を回復する。
【キュアリング】	Lv∞	テイミングされた魔物の状態異常を回復する。
【ご飯調理】	Lv∞	魔物の食事を作ることができる。
【おやつ調理】	Lv∞	魔物のおやつを作ることができる。

（この世界って、テントとかあるのかな？）

あとは、お鍋などを持っていってカレーを作るのもいいかもしれない。考えただけで、楽しくなってしまった。

太一がそんな妄想をしていると、シャルティがにやりと笑った。

「ちなみに……」

「？」

「この依頼は、ギルドへの貢献度が大きいんです。達成したら、ランクアップ間近ですよ」

「本当ですか⁉」

シャルティの言葉に、テンションが上がる。

ついこの間ランクが上がったばかりなので、さらなるランクアップはもう少し先かもしれないと思っていたからだ。

（グリーズたちと一緒だし、ギルドの貢献度も稼げるし……もしかしたら、新たなもふもふと出会うこともできるかもしれない！）

太一はいい笑顔でシャルティを見て、口を開いた。

「この依頼、受けます！」

「冒険者ギルドとの共同依頼？　いいと思う！」

太一がヒメリに事のあらましを話すと、すぐに賛成してくれた。バイトについても、太一が調査に行っている間は任せていいようだ。

正直、ヒメリにあまり負担をかけたくはなかったのだが……。

（めちゃくちゃ助かる……！）

あとは初めてのパーティ依頼で、ポカをしないように頑張るだけだ。

「一緒に行くパーティメンバーは、カフェの常連さんでしょう？　なら、余裕だね！」

「だといいんだけど……。気をつけておくことって、何かあるかな？」

ヒメリは冒険者として先輩にあたるので、何かアドバイスがもらえたら嬉しい。

すると、ヒメリが店内を見回した。

（……？）

太一がなぜ店内？　と思って見ていると、ヒメリが申し訳なさそうに口を開いた。

「さすがに、これ以上もふもふの魔物をテイミングして連れて帰ってくるっていうのは広さ的に厳しいと思う……どうしてもっていうなら、小さい子を二匹までかな？　ルークみたいに大きい子はアウトだと思う」

「そうじゃなくて」

冒険の心得的なものを教えてほしかったわけで、あとどのくらいもふもふをテイミングしていいかという話ではない。

いや、確かに大事なことではあるのだけど……。

「え、違うの？」

ヒメリはきょとんとした顔で太一を見ているので、きっと本気で言っていたのだろう。

「森や山で冒険？　調査？　するときの注意事項があればなって。あとは、パーティは初めてだからちょっと不安はあるよ」

「あ、そういう……。う～ん」

太一の言葉に、ヒメリは首をひねる。

「でもでも、どっちかっていうと……私はタイチと一緒に行く冒険者のほうが心配。だって、タイチってなにかと規格外だし……驚かないといいけど」

「えええぇぇ」

太一はそんなことはないと首を横に振るが、ヒメリは「あるある！」と言って同じように首を振る。

（どっちかっていうと、規格外なのはルークなんだけどなぁ）

おかしい。

太一がそんなことを考えていると、足にケルベロスが頭をすり寄せてきた。

『ねぇねぇねぇ～！』

『タイチ、ボクたちも行きたい～！』

『いつもルークばっかりで、ずるいの』

「えぇぇっ!?」

ケルベロスの言葉に驚くも、確かにいつもお留守番をさせてしまっていたなと思う。

しかし、ルークとケルベロス二匹とも連れていくとなると……カフェの守りが薄くなってしまうのが心配だ。

太一が悩んでいると、ヒメリが「なんて言ってるの？」とケルベロスの顔を覗《のぞ》き込んだ。

「いや、依頼に一緒に行きたいって言われちゃって」

「ああ……いつもお留守番だったもんね。連れていってあげたら？」

あっさりと言うヒメリに、太一は苦笑する。

「一応、ここの番犬的な役割もしてもらってるんだ」

なので、ケルベロスを連れていってしまうと、何かあったときにほかの従魔たちがやられてしまう恐れがある。それだけは避けたい。

すると、ヒメリが「がお！」と吠《ほ》えた。

「なら、私が番犬しててあげるよ。結構強いんだぞ、がおー！」

「えぇぇぇぇぇっ!?」

いやいやいや、ヒメリは女の子だし若いし——と思ったけれど、冒険者なんだっけと思い返す。魔法も使えるし、確かに結構強そうだ。

（というか、がおー！　って……）

可愛い一面もあるのだと、思わず面食らう。

（じゃなくてっ！）

冒険者とはいえ女の子、しかもだいぶ年下のヒメリに頼ってしまっていいのだろうか。

（ん〜ん〜〜）

「だーいじょうぶ！　前に貴族とひと悶着《もんちゃく》はあったけど、それ以降は大人しいし。任せておいて」

「ヒメリ……まあ、確かにあの貴族以外は特に何もなかったもんな……」

太一は考え、よしと頷く。

「じゃあ、留守をお願いするよ」

「任されました！」

太一の言葉に、ヒメリは笑顔でビシッと敬礼をしてみせた。

🐾　🐾　🐾　🐾

「タイチ・アリマ、テイマーです。こっちはルークとピノ、クロロ、ノール。こういった依頼は初めてなので不慣れですが、精一杯頑張りますのでどうぞよろしくお願いします」

「「「よろしく！」」」

冒険者ギルドにて。

ヒメリの後押しもあり、太一は共同依頼を受けることに決めた。今回はルークとケルベロスが一緒にいるので、とても心強い。

ほかのメンバーは、グリーズたちのパーティとアルケミストの女の子が一人。

「よ、よろしくお願いします……。アルケミストのソフィアと申します。ええと、あの、私もパーティは得意ではないのですが、精一杯頑張ります」

おどおどして声が小さい、アルケミストのソフィア。

腰までのびた綺麗《きれい》なプラチナブロンドに、ハニーグリーンの瞳。黒いフレームの眼鏡には、植物をモチーフにしたチェーンがつけられている。

白いローブには大きなポケットがついていて、たくさん物を入れることができそうだ。

年のころは一〇代後半くらいだろうか。

太一はパーティに不慣れそうなソフィアを見て、これは初心者仲間では？　と考える。それならば、いくぶんか気が楽になる。

なにせ、ここに来るまではかなり緊張していたのだ。

「アルケミストの人に会うのは初めてで……ご一緒できて嬉しいです」

「……私も、テイマーは初めてです」

「なら、初めて仲間ですね」

同じように返事をしてくれるソフィアに、太一は微笑んだ。

挨拶が一通り済んだところで、グリーズが手を叩《たた》いた。

「んじゃ、簡単に説明をするぞ。俺たちが行くのは、馬車で半日ほど進んだ『コログリ山』で、そこで生態の調査を行う。だいたい三日間くらいだな。野宿のときの見張りは俺たちがやるが、いろいろ手伝ってくれると嬉しい」

そう言ったグリーズの視線は、チラチラとルークへ向けられている。どうやら、かなり期待されているようだ。

太一はアハハと笑い、「善処します」と告げる。

(まあ、ルークなら寝てても危険を察知できそうだから大丈夫かな)

そうそう危ないことにはならないだろう。

「タイチさんにソフィアさん、何かわからないことがあればいつでも相談してね！」

ニーナが「お任せあれ！」と気遣ってくれる。

「ありがとう、そのときはよろしく頼むよ。それから、同じパーティで冒険するんだし、さんづけもいらないよ」

「そ？　じゃあ、改めてよろしくねタイチ！」

「よろしく」

店主と常連客という間柄だったけれど、パーティを通して少し距離が縮んだ。仲間という関係は、戦闘が苦手でもいいものだと太一は思う。

「んじゃ、出発！」

グリーズの声に返事をして、太一たちは出発した。


コログリ山へ行くまでの馬車は、ギルドからの貸し出しでグリーズが御者をしてくれている。

防水布のホロがついた馬車で、太一は荷台部分に乗った。

ルークは持ってきたお気に入りのビーズクッションで昼寝をし、ケルベロスは楽しそうに景色を眺めている。

「馬車での移動って初めてだ、すごく……揺れる!!」

電車が心の友だった社畜の太一には、落ち着きのないリズムでガタゴトと揺れる馬車に動揺する。

電車の揺れは、なぜか心地よいのに。

(道が舗装されてないっていうのも、原因かな?)

とはいえ、砂利道だが一応の舗装はされている。

コンクリートのようにきっちりならされているわけではないので、これぱかりは仕方がないだろう。

『あ～！　見て見て、タイチ！　スライムがいる～！』

『倒す？』

『あれは雑魚だからほっといて大丈夫』

「山に着くまでは、襲われない限りこっちからは何もしないよ」

『『は～い！』』

はしゃぐケルベロスたちの頭を撫《な》でて、太一は「のんびりしよう」と告げる。

山に着いてからが本番なので、ここで体力を使うわけにはいかないのだ。

（とはいっても、ケルベロスの体力は無尽蔵だろうけど……）

自分がついていけるかが、ちょっぴり不安な太一なのであった。


そして半日後、太一たちはコログリ山に到着した。

「お疲れ！　今日は周囲を警戒しながら進んで、中腹くらいで野宿だな。そこを拠点にして、明日から調査をする」

グリーズが説明をすると、全員が頷く。

今日は基本的に魔物を倒しつつ進むため、太一がテイミングをするのは明日以降になる。ソフィアの薬草採取も、明日だ。

（山の中腹……かぁ）

山を見上げると、なかなか高い。

冬ということもあって、山頂は白くなっている。おそらく、中腹をすぎた辺りから雪が積もっているのだろう。

（とりあえず、足手まといにならないように頑張ろう）

すると、太一の足にもふっとした柔らかな感触が。

なんとルークがもふもふの尻尾を絡ませてきていた。

「るるる、ルーク⁉」

(突然のデレ期⁉)

太一のテンションが一気に上がり、今なら山頂だって楽勝で登れるような気がする。

『背中に乗っていくか？』

「あ、あー……いや、みんなもいるしやめとくよ。気持ちはすごく嬉しいんだけど……」

『そうか』

普段はルークの背に乗って移動することが多い。加えて、太一の体力のなさもルークは知っている。そのため、気遣ってくれたのだろう。

本当はとてつもなく乗りたいけれど、それだとルークに元のサイズに戻ってもらわなければならなくなる。

(そしたら、ルークがフェンリルだってばれちゃうかもしれないしな……)

あとは普通に、男の自分がルークの背中に乗って進むのは絵的にもよくない気がしたからだ。ちょっとは男前に頑張っているところも見せたい。

「ありがとうな、ルーク」

『……ふんっ』

太一がこれでもかとルークを撫でまわすと、そっぽを向きつつも嬉しそうに尻尾を揺らした。

ルークとそんなやり取りをしていると、太一の横にあった木がガサリと揺れる。
そして――

『きゅ？』


「はわわわ、可愛いリス!!」

新たなもふもふと出会った。

ひょっこり現れたリスに、太一は目をキラキラさせる。くるんとなっているもっふもふの尻尾はとても力強く、幸せの象徴に思える。

リスはひょこひょこっと木々の合間から顔を出して、太一のもとへ集まってきた。その数は、軽く一〇を超えている。

「おお、こいつは『コログリス』だ。この山に生息するリスで、腹にドングリを溜《た》めるって聞いた気がする……ぞ？」

グリーズが眉間に皺《しわ》を寄せつつ、どうにか思い出して教えてくれた。

「お腹にドングリを？」

食べたものを溜めてるんだろうか？　太一は首を傾げつつ、肩に乗ってきたコログリスの頭を撫でて、そっとお腹に触れてみる。

（ドングリでぱんぱんになってるとか？）

そう思ったのだが、お腹にポケットがあってそこにドングリを詰め込んでいるようだ。

「へえ、便利だなぁ」

『きゅ？』

「ああ、ごめんごめん。お腹がどうなってるのかと思って、いきなりさわっちゃった」

謝罪の言葉を口にすると、コログリスは気にするなとでも言うように首を振る。どうやら、怒ってはいないみたいだ。

（いい子だ……）

太一が感心していると、コログリスがお腹のポケットに手を入れて、ドングリを一つ取り出して差し出してきた。

『あげるきゅ！』

「えっ!?」

思いがけないプレゼントに、太一は震える。

手のひらサイズの小さなリスの名前は、コログリス。

コログリ山にしか生息していない種類の魔物で、お腹のポケットに食べ物などを入れておくことができる。

背中は草木とドングリの模様になっていて、とても可愛らしい。

太一は手を出して、コログリスからドングリをもらう。帽子がついた丸いドングリは想像より重く、よくお腹に入っていたものだと思う。

すると、コログリスたちが次々とお腹のポケットからドングリを出して太一に渡してきた。

『あげるきゅ！』

『これは栄養満点きゅ！』

『美味しいきゅぅ～～！』

「わ、わわっ！　みんなの大事なご飯なのに、こんなにたくさんもらっていいの……？」

『『もちろんきゅ！』』

「ありがとう～～！」

山に来て早々、こんな歓迎を受けるとは思ってもみなかった。

コログリスたちの温かさに、目頭が熱くなる。

(年を取るとどうにも涙もろくなってしまい、困るな……。温かい、暖かい……)

……暖かい？

太一が感動に打ちひしがれていると、ニーナが「ねぇ」と声をかけてきた。

見ると、ニーナだけではなく、全員の視線が太一に注がれている。その表情は、信じられないものを見たような、あきらめたような……。

「あっ、あ……タイチさんが埋もれて見えなくなってしまいましたっ」

様子を見ていたソフィアが、慌てて声をあげる。

コログリスのプレゼントに夢中になっていたのだが、その間ずっと、コログリスたちは太一の周りに集まり、肩や頭に乗り……最終的に太一の体全部がリスまみれになっていた。

顔も見えない。

ただのもふもふの塊だ。

さすがにこれは大変だ、コログリスたちを離さなければ——と思うのだが、別にこのままでもいいのでは？　と、太一は考えてしまう。

（今は冬でとっても寒いけど……コログリスたちのもふもふで暖かさマックスだ）

と思いつつも、ここには仕事で来ているのだったと我に返る。

「ごめん、離れてくれるかな？」

『『『きゅ！』』』

太一がお願いをすると、コログリスたちはすぐに離れてくれた。聞き分けがよすぎて、野生とは？　と、思わず首を傾げたくなるほどだ。

その様子を見ていたアルルが、口元をひきつらせた。

「テイマーが従わせられるのは、テイミングした魔物だけではなかったかしら」

アルルの言葉に、その場にいる全員が頷く。

さっそく、ヒメリが予言したように、みんなが太一のすごさに驚かされている。

「でも、タイチだからな……」

「タイチだから……」

「ええと、えと、すごいテイマーだったんですね」

——が、なぜか納得されてしまった。

「あーあはは……。あ、ドングリのお礼にうさぎクッキーをあげるよ」

太一は鞄《かばん》からうさぎクッキーを取り出して、コログリスたちへプレゼントする。受け取ると、すぐに口いっぱいに頬張ってくれた。

『きゅ〜！　美味しいきゅ!!』

『おいちぃ！』

『ドングリとはなんだったきゅ〜!?』

どうやらいたく気に入ってくれたようだ。

ふと、一匹の小さなコログリスだけは、食べずにお腹のポケットに入れていることに気づく。クッキーが大きいので、ぎゅうぎゅう押し込んでいる姿はなんだか可愛い。

「よかったよかった——と、あれ？」

だけどみんな夢中で食べてくれたのだが……好みの匂いではなかったのだろうか。

（それとも、お腹いっぱいだったのかな？）

気になって、目で追ってしまう。

するとそのコログリスは木の枝を登り、どこかへ行ってしまった。

太一は行ってしまったことをちょっと残念に思いつつ、そうだ依頼で来ていたんだったと気を引きしめる。

「すみません、コログリスに夢中になってしまって……」

「いいさいいさ、あいつらが元気にしてるってことは、山も落ち着いているっていうことだろうしな」

グリーズは「大丈夫だ」と言って笑う。

もしコログリスたちが姿を見せなければ、それは山になんらかの異常が発生しているということを意味する。

一番多いパターンは、本来いるはずのない魔物が出現し、山を支配している場合。もしくは、気候変動やなんらかの理由で、コログリスの数が減ったり食料となるドングリの数が減ってしまった場合などが該当する。

なので、山に入ってすぐにコログリスたちと出会えたことは安心材料でもあるのだ。

「でも、可愛いもふもふちゃんを見られたのは嬉しいな！　こんなこと、初めてだもん。タイチが一緒で役得だ〜♪」

ニーナがるんるん気分で歩き始めたので、太一たちもその後に続いた。


気温はぐっと下がり、はく息が白くなる。

空を見ると、深い緑色の葉をつけたままの木が何本かあった。もちろん、葉が落ちて丸裸の木のほうが多くて目立つけれど。

異世界特有の、ファンタジーな植物や木なんだろうなと、太一は思う。たとえば薬草だったり、ポーションを作る材料になったり、アイテムの素材として使われたりするんだろう。

山の中腹までやってきた太一たちは、野宿の準備をして一息ついた。ここを拠点として、山の生態調査などを行うのだ。

道中の魔物はグリーズたちが倒したのだが、もともと生息している魔物以外は現れなかったので、別段危険なこともなかった。

「はあ、はぁ、はっ、疲れた……」

――太一の体力のなさはちょっと問題だったけれど。


太一は呼吸を整えるために、大きく深呼吸をする。

(とりあえず、これなら平和に依頼を終わらせることができそうだ)

しかも仕事でもふもふをテイミングできるのだから、最高だ。

今回のような場合は、依頼なのでテイミングした魔物を従魔にする必要はない。また、山へ放してあげていいらしいが――そんなそんな、もったいない。

もふもふのリスは正義だ。

カフェは狭いけれど、コログリスは小さいので数匹くらい連れて帰っても問題はないだろう。さすがに一〇匹となったら、ヒメリの雷が落ちるかもしれないが……。

「んじゃ、今日はもう休むか。俺たちが順番で見張りをするから、タイチとソフィアはテントで寝ててくれ」

グリーズが焚火《たきび》に木の枝をくべながら、「しっかり休めよ」と言ってくれる。

「ありがとう」

「あ……すみません、ありがとうございます」

テントは男性&ルーク、女性&ケルベロスでわけている。

というのも、ニーナから「もふもふと一緒に寝たい！」と切望されたからだ。太一がどうしようか悩んでいたら、ケルベロスが添い寝係を申し出てくれたわけだ。

（まあ、もふもふと寝ることほど最高なことはないしな……）

ニーナの気持ちはよくわかる。

そんな太一だが、実はグリーズがケルベロスなら一緒に寝てくれるかも……という期待をしていたことは、考えもしていなかった。


そして翌日。

野営中は魔物が襲ってくるということもなく、よく眠ることができた。加えて、ルークが太一に添い寝してくれたのも大きかっただろう。

（最高のもふもふだった……）

これなら毎日野宿でもいい。

「つと、今日は生態調査だった」

拠点の周囲を見て回ることになっていて、太一の側にはルークとケルベロスがいる。ソフィアの側には、グリーズたちのパーティ。

いわゆる護衛だ。

見ると、ソフィアが薬草や植物を調べていた。

「はあああぁぁっ！　こ、これは……!!　コログリ草じゃないですか!!」

「山の名前の草なら、珍しくないんじゃないの？」

「何を言っているんですか、ニーナさん！　コログリ草は、かなり貴重なんですよ。市場でも、あまり出回ることはないんです。なぜかというと、発芽方法が独特だからなんです。コログリ山のドングリは、コログリスの大好物なんですけど、そのコログリスの食べかけのドングリが地面に放置されると、発芽することがあるんです。発芽の確率はとても低いので、そう簡単に手に入るものじゃないんです！　ほとんどが、ドングリの木になってしまいます。だからコログリ草はとっても貴重なんですよ。ちなみになんでコログリスの食べかけからしか発芽しないかというと、コログリスの魔力がわずかにドングリに移るからと考えられていて——」

「えっあっはい……」

大人しかったソフィアが目を輝かせながら語る姿に、ニーナが言葉をなくしている。

（ソフィアさん、大好きなものには饒舌《じょうぜつ》になるタイプだったのか……）

自分も猫やもふもふのことになるとついついたくさん喋《しゃべ》ってしまうので、その気持ちがよくわかるというものだ。

『ねぇね～！　タイチ、コログリスを仲間にするの？』

「そうだよ。山の状況を聞いて、確認するんだ」

太一がピノの言葉に返事をし、「大切な仕事なんだ」と説明する。

『仕事のできる男だね、タイチ！』

「おおぉ、クロロありがとう！　褒めてもらえると嬉しいな」

これだけでめちゃくちゃ頑張れる。クロロのような上司ばかりだったら、きっと世の中はハッピーだっただろう。

『山にいる子、み～んな連れて帰っちゃうのはどう？』

「うわ、名案……！　でもヒメリに怒られるな……」

ノールの提案に心揺らぐが、さすがにもふもふカフェの面積を考えると山じゅうのコログリスを連れて帰ることはできない。

ヒメリにも、最悪でも二匹までと念を押されている。

（それに……）

そんなことをしたらコログリ山の生態が壊れてしまい、依頼の意味がなくなってしまう。もう二度と依頼はこなくなるし、下手したら永久にランクアップだってしないかもしれない。

「さてと、俺は俺の仕事をしますか！　俺にテイムされてもいいっていうコログリスはいないかな――っとととと!?」

『『『きゅっ！』』』

太一が周囲を見回した途端、たくさんのコログリスがやってきた。

小さな手を一生懸命上げて、自分をテイミングしてくれとアピールしている。必死すぎて、持っていたドングリを落としてしまった子もいる。

（え、俺にテイムされたい子がこんなにたくさん……？）

思わずトゥンクしてしまう。

『ほらー、みんな一列に並んで！』

『みんなをテイムすることは無理なの』

『誰かなんて、選べないよぉ』

ケルベロスがマネージャーよろしく、コログリスを整列させた。見事な列になっており、その最後尾は果てしなく遠い。

（コログリスってこんなにいたのか……）

しかし、ここから数匹を選ぶというのは難しい。なぜなら、みんな可愛いからだ。ああ困った困った……。

そう思いつつも、太一の顔はによによしっぱなしだ。

すると、ルークが一歩前へ出た。

『テイミングするなら、強い者に決まっているだろう！　この山で一番強いコログリス、前へ出てこい！』

ルークが吠えると、コログリスたちの中でざわめきが起こる。キョロキョロと仲間たちを見て、一番強いのは誰か考えているようだ。

『ボク、木の上を走ったら山で一番きゅ！』

『私は美味しいドングリを見分けるのが上手いわよ！』

『大食いなら負けないっきゅ！』

コログリスたちが、自分の秀でているところを言い合っている。その光景が、とっても微笑ましくてニコニコ笑顔になってしまう。

さてどうしようかと考えていると、ほかのコログリスよりも体が一回りほど大きなコログリスが出てきた。

『この山で一番っていったら、オレしかいないきゅ！』

背中の模様に二つのドングリが入っていて、耳に傷があり少しかけている。

お山の大将――といった感じのコログリスだ。

『正直、この山のことならなんでも知ってるきゅ！』

大きなコログリス――大将コログリスは、仁王立ちで堂々と言い放った。周りにいるコログリスたちも、その言葉を否定はしない。

（なるほど、リーダー的な立ち位置にいるのがこのコログリスなのか）

「それはすごい」

太一は素直に感心し、大将コログリスを褒める。

「みんなの大将だな」

『大将！　それは格好いいかもきゅ！』

どやっと満足そうな顔をして、大将コログリスは近くにいるコログリスたちの肩を叩く。

『オレが守ってやるきゅ！　大将だからな!!』

『じゃあもう少し優しくするきゅ！』

『わ、わかってるきゅ！』

きゅきゅきゅきゅと笑う大将コログリスだったが、どうやら威張り散らしている一面もあったようだ。

女の子のコログリスに怒られて、しゅんとなってる。

（でも、人望？　リス望はありそうだ）

それなら、山じゅうのコログリスが、大将コログリスの言うことを聞いてくれるかもしれない。

そうなると、とても効率がいい。

「じゃあ、えっと……大将の君。テイミングさせてもらってもいい？」

『もちろんだきゅ！』

大将コログリスが、目を輝かせて太一のことを見た。

早く早くと、急《せ》かされているような、そんな気がする。

「じゃあ……【テイミング】！」

『もきゅっ！』

太一がスキルを使うと、大将コログリスがパチパチと光に包まれる。テイミングが成功したという証拠だ。

猫の神様が授けてくれたテイマーのスキル、【テイミング】。

魔物に対して使うと、自分の従魔にすることができる。成功率は、スキルレベルに比例する。

無事にテイミングできたので、あとは名前をつけるだけだ。

さて、どんな名前がいいだろうかと考えて、大将がいいのでは？　と思う。

（でも、大将は名前じゃないしな……）

「うぅ〜ん……」

悩ましい。

太一がどうするべきか悩んでいると、大将コログリスが自分から名前を言ってきた。

『今日からオレは大将きゅ？』

「え？　いや、大将は名前じゃ――」

ないんだけど、と言おうとしたが、大将という呼び名をコログリスは気に入っているようで、と

ても嬉しそうな顔をしている。

（気に入ってるなら、いいのか？）

「それじゃあ、君の名前は今日から【大将】だ！」

『やったきゅ！　大将だきゅ！』

大将コログリス――もとい大将は、万歳をして喜んだ。周りのコログリスたちに、『大将だきゅ』とアピールをしている。

「よろしくな、大将」

『よろしくっきゅ、タイチ！』

太一と大将は、熱い握手を交わす。

小さなおてがとっても可愛くて、なんともいえないさわり心地。痛くならないように、爪は立てないよう配慮してくれているみたいだ。


「「「…………」」」

太一が大将をテイミングし終わったところで、視線を感じた。振り返ると、グリーズたちとソフィアがじっとこちらを見つめていた。

「どうしました？」

「いや、どうしました……じゃ、ないだろ？」

あっけらかんとしている太一は、おそらく事の重大さがわかっていない。

「昨日も思ったが……こんなに大量のコログリスが集まるなんて、前代未聞だ!!」

「――あ」

そういえばたくさんのコログリスが集まってくれていたことを思い出す。

すると、大将が手を叩いて『各自、自分の巣へ帰れきゅ！』と指示を出した。その言葉を聞き、コログリスたちはいっせいに巣へと戻っていく。

「おぉ～、すごいな大将」

『これくらい、余裕だきゅ！』

大将は太一に褒められたのが嬉しくて、ニコニコだ。

太一の足をよじ登り、肩に座って落ち着いた。

その光景を見たグリーズは、「タイチだもんな」と考えることをあきらめたようだ。

「とりあえず、そのコログリス……名前は大将か。に、この山のことを聞いてくれ」

「わかった」

もふもふに囲まれて幸せなひとときを過ごしたあとは、依頼された仕事の時間だ。これをクリアし、ギルドに貢献し、夢の巨大カフェを手に入れるのだ。

太一は事前に用意されていた用紙を見て、その項目をひとつずつ確認していく。

「コログリ山に生息する魔物の種類、か。大将、教えてもらえるか？」

『任せるきゅ。オレたちコログリスと、山の下のほうにはスライム、ベリーラビットがいるきゅ。中腹にはウルフとワンワンと、ゴブリンと、コボルトがいるきゅ。上のほうに行くと、星夜トナカイと、フラワーベアがいるきゅ』

「へぇ、結構たくさん魔物がいるんだなぁ」

大将に教えてもらった魔物をメモしていき、次の項目を確認する。

「突然変異の魔物などの有無……か」

『そういえば、ウルフの亜種がいたきゅ』

「ウルフの亜種？　え、それは大変なん――」

「なんだって!?」

「なんですって!?」

太一が言葉を返し終わる前に、横で話を聞いていたグリーズとニーナが割って入ってきた。

ウルフ自体はそこまで脅威ではないが、亜種――つまり突然変異などをした魔物は、その強さが数倍になることもあるのだ。

これはやばい！

そう思ったのだが、大将があっさり『もういないきゅ』と告げた。

「二人とも落ち着いてくれ、もう倒されたらしい」

「え、そうなのか？」

「よかったぁ」

大将が言うには、亜種のウルフはフラワーベアが倒したのだという。

（なるほど、フラワーベアのほうが強いのか。山頂に行くほど魔物が強くなってるのかな？）

とりあえず、今は山に危険がないとのことなので、よかったよかった。

それから薬草の生息に関することや、水場など、いろいろなことを大将に教えてもらって調査を終了した。

閑話　もふもふと夢の中

『ふあああぁぁ』

『眠いね～』

『みんなで寝られたらよかったのにねぇ』

ケルベロスはあくびをしながら、女子テントの中で寝心地のよさそうな場所はどこだろうとうろうろする。

今日はコログリ山に入った初日で、これから就寝だ。

テントは、男性とルークで一つ、女性とケルベロスで一つ、という割り当てになっている。夜中の見張りは、グリーズ、ニーナ、アルルが交代で行う。最初の見張りはグリーズ。

防水加工が施された布は厚手のもので、雨風、雪をしのげてそこそこ快適に使うことができる。不便な点をあげるとすれば、重量があって荷物になるというところだろうか。

ここは女性のテントということで、いるのはもふもふ要員のケルベロスに、ニーナ、アルル、ソフィアだ。

ニーナがうきうきした様子で、寝袋を用意している。テントの中に各自寝袋を出して、それで眠りにつく。でなければ、寒くて凍えてしまう。

「ピノ、クロロ、ノール、おいで～一緒に寝よう！」

『『はーい』』

名前を呼ばれて、ケルベロスはニーナの膝の上へぴょーんと跳んだ。ニーナは、ケルベロスのもふもふっとした心地のよい毛並みにうっとりしてしまう。

「ああ……っ、ふわふわぁ」

「――っ！」

「あああっ、すごく羨《うらや》ましいです……っ!!」

顔がとろけかかってるニーナに、アルルがぴくりと反応して、ソフィアはうらやましそうに視線を送ってきた。

『屋根がある寝床って、好き～』

『雨に濡《ぬ》れなくていいよね』

『みんないるから寒くないしね』

ケルベロスはピノ、クロロ、ノールの三首でのんびり会話を楽しむ。ニーナたちはケルベロスの言葉がわからないので会話ができないからだ。

だからといって、ケルベロスがニーナたちを蔑《ないがし》ろにするわけではない。もふもふっとした小さな体でじゃれにいったり、今だってこれから一緒に寝るところだ。

ニーナはケルベロスを抱きしめて「私と一緒に寝ましょうね～！」と頬《ほお》ですりすりする。寂しがり屋のノールは嬉《うれ》しそうに『わーい』とひときわ喜んでいる。

「に、ニーナさんっ」

「ん？」

あとは寝袋に入ってケルベロスと一緒に寝るだけ！　というところで、意を決したソフィアが話しかけてきた。

「わた、わたし、私も一緒に寝たいですっ、もふもふしてみたいですっ!!」

「くうぅっ、私以外にも狙っている輩《やから》がいたとは……！」

まさかの、誰がケルベロスと一緒に寝るのか戦争が勃発《ぼっぱつ》してしまうとは思わなかった。しかし、ニーナとて負けるわけにはいかない。もちろん、ソフィアだってそうだ。

しかし、ニーナもソフィアもお互いのケルベロスと一緒に寝たいと思う気持ちは重々承知だ。そう思うと強く出られなくもないが、こちらとて負けられぬ戦いだ。

バチバチと火花が飛びそうになっているニーナとソフィアを見て、ケルベロスはのんきに『どうしちゃったんだろうね～』なんて話している。

『誰がボクたちと寝るか、争いが起きようとしている……！』

『えぇぇぇっ!?』

冷静に状況を判断したノールの言葉に、ピノが大声を出して驚く。クロロは、耳をしょんぼりさせて、ニーナたちを見た。

『せっかくだし、みんなで一緒に寝たらいいのに』

そのほうが暖かいし、安心して眠ることができるとクロロが言う。

『そうしたくても、寝床がないんじゃない？　みんな、自分の小さいやつしか持ってないし……』

『『ほんとだ！』』

クロロの言葉に、ピノとノールは大きく頷《うなず》く。確かにこれでは、全員で一緒に寝ることはできなさそうだ。

『う～ん……もしかしたら、タイチなら名案があるんじゃない⁉』

『『あるかも‼』』

ピノがピコンと閃《ひらめ》いて、今度はクロロとノールの声が重なる。

思い立ったらすぐに行動だ！　ということで、ケルベロスが誰の寝袋で寝るのか？　を、いつのまにか枕投げで決め始めてしまったニーナたちを置いて、ケルベロスはテントを出た。


そしてやってきたのは、男性用のテントだ。

グリーズは外の焚火《たきび》の前で見張りをしているので、中にいるのは太一《たいち》とルークだけだ。ルークはお気に入りのビーズクッションをベッドにして、すでに寝ていた。

「ケルベロス？　どうしたんだ、女子テントで寝るはずじゃ……」

突然やってきたケルベロスを見て、太一は「何かあったか？」と心配そうにする。

『じつはね～』

『みんなで寝たいんだけど、寝袋が小さくて』

『どうにかできないかなぁ？』

さきほどの女子テントの様子を伝えると、太一は「なるほど……」と思案する。

夏であればみんなで雑魚寝をしても問題はないかもしれないが、今は雪こそ降っていないが冬の山で……かなり冷え込んでいる。

「寝袋は必須アイテムっぽいんだよなぁ」

太一がそう言うと、ケルベロスが潤んだ瞳で『『『えぇぇ……』』』とこちらを見てくる。

『どうにかならないの？』

『タイチならできるって信じてる！』

『人間も体の大きさを変えられたらいいのに……』

「――それだ!!」

『『『え？』』』

太一はにやりと笑い、【創造（物理）】のスキルを使う。

「大きな寝袋を一つ【創造（物理）】っと！」

すると、ゆうに三人で寝ることができるくらいの大きさの寝袋ができあがった。これがあれば、みんなで一緒に寝ることができるはずだ。

『『『おおぉ～！』』』

猫の神様が授けてくれた固有スキル、【創造（物理）】。

名前の通り、太一が頭の中で思い描いたものを現実のものとして作ることができる。

ケルベロスがはしゃいで、寝袋の上でぴょんぴょんジャンプしている。中はもこもこで、外は風を通さないように設計されている。

正直に言って、ニーナたちが持っている寝袋よりも倍くらいの暖かさがあるだろう。そこはもう、日本的な技術がはいっていてうんたらかんたらのご愛嬌《あいきょう》だ。

「んじゃ、これを持ってって」

『ひゃー、すごい！　ありがとうタイチ～！』

『寝心地もよさそう！』

『これで寂しくないね』

ケルベロスは尻尾をぶんぶん振って、嬉しそうにしている。その様子を見ると、太一も役に立ててよかったとほっとする。

「じゃあ、俺も寝るから……また明日な」

『『『おやすみ！』』』

「ん、おやすみ」

太一はケルベロスに就寝の挨拶をすると、すぐに寝入ってしまった。普段しない山登りのせいで、実はもう体力が限界だったのだ。

ケルベロスは太一に作ってもらった大きな寝袋をくわえて、女子テントへ戻った。

『たっだいま～』

『おまたせ！』

『早く寝よう～！』

「「「え……」」」

戻ってきたケルベロスを見て、ニーナ、アルル、ソフィアは目を瞬《しばたた》かせる。そしてその視線は、ケルベロスがくわえている大きな寝袋へと注がれた。

「こんな大きな寝袋、初めて見た……」

「……これ、とても上質な素材で作られているわ。こんなふわふわで気持ちいいさわり心地、初めてよ」

「わ、わあぁぁ、すごいですね」

それぞれが感想を言い――しかし誰も、「いったいどこから？」とは口にしない。

（これってタイチの寝袋……？　だよね？　なんでタイチってばこんなに大きい寝袋持ってるの？　ルークと寝るため？　意味がわからない!!）

（カフェの飲み物やお菓子といい……いったいどこから手に入れているのかしら）

（ふわふわ、ふわわわ……！）

それぞれ思い思いのことを考え、最終的に「タイチだから」という言葉で済ますことにした。

ケルベロスと三人は、さっそく大きな寝袋へ入った。中はとっても暖かくて、先ほどまで使おうとしていた自分の寝袋には戻れなさそうだ。

「はぁ～あったかいし、ピノとクロロとノールも一緒だし……幸せ」

『『『幸せ～』』』

ニーナがケルベロスをぎゅっとすると、嬉しそうに尻尾を振る。

寝袋には、ニーナ、ケルベロス、アルル、ソフィアの順番で並んでいる。明日は、ケルベロスがアルルとソフィアの間で寝る予定だ。

「………暖かいわね」

アルルは隣でうとうとしているケルベロスを見て、頬を緩める。普段は野営中に気を抜いたりはしないのだが、こんなに可愛《かわい》らしい姿を見せられてしまったらどうしようもない。

その様子を、ソフィアがじっと見つめる。

「ううぅ、明日が待ち遠しいですね」

『『『すやや～』』』

三人の心知らずか、ケルベロスはもう夢の世界に入ってしまった。すぴすぴ気持ちよさそうに寝ている姿は、いつまでも眺めていられそうだ。

「「「おやすみなさい」」」

三人は顔を見合わせ、一緒に目を閉じて眠りについた。

3 もふもふと過ごす日常

「は〜〜〜〜、やっぱりカフェが一番落ち着く！」

合同の依頼を終えて帰還した太一《たいち》は、もふもふカフェの日常を噛《か》みしめていた。

新たな出会いがあるから外へ行くのもいいけれど、やはり自分の家というのは落ち着くものだ。

今日はお客さんが少ないので、太一はカウンターでのんびりしている。

『え〜！　ボクはまた山に行ってみたいなぁ』

『悪くはなかったかな』

『みんなで遊ぶの、楽しかったしねぇ』

「なら、また行こうか」

ケルベロスの言葉に、太一はあっさり頷《うなず》く。

山では、コログリスたちと一緒に駆け回って遊んでいたので、楽しかったのだろう。途中で太一が『おにごっこ』や『かくれんぼ』を教えてあげた。

あげたのだが——ケルベロスの身体能力に勝てるコログリスなんて存在しなかった。あっという間に見つかって捕まり、見ていられなかった。

（まあ、それも可愛《かわい》かったんだけど……）

そしてもふもふカフェには、コログリスの大将が増えた。

食いしん坊な一面もあり、いつもお客さんにおやつのうさぎクッキーをねだっている。疲れたらキャットタワーのてっぺんで昼寝をし、くつろぐ。

「でも、本当に増えたもふもふが一匹だけでよかった……。というか、本当に一匹？　実はどこかに隠してるとかない？　今なら怒らないから、正直に言ったほうがいいよ？」

「まてまてまて、ヒメリ！　テイムしたのは、大将だけだ!!」

「そうかなぁ……」

太一のテイミングの成功率は一〇〇％だが、信頼度は低い。

ヒメリはジト目で太一を見つつ、すぐに笑顔になった。

「冗談だよっ！　カフェ増築まで、きっとあと少しだよ。共同依頼って、ギルドへの貢献度も大きいし……タイチのことだから、すごいことしたんだろうしね……」

そう言ったヒメリの目は、どこか遠くを見ている。

「そんなことないけど……」

ヒメリの言葉を否定しようとすると、バッと影が現れた。

「そそ、そ、そんなことありますよ！」

「うおっ!?　って、ソフィア!?」

太一とヒメリの会話に、突然ソフィアが加わってきた。

入り口に立っているので、今来たところなのだろう。

「どうしたんですか？　あ、もしかして依頼に何か不手際でもありました!?」

これは大変だと太一は焦るが、ソフィアは首を振る。

「違います。ええと、その、もふもふカフェが気になったので……」

「あ、お客さんとして来てくれたんですか!?」

「……はい」

ソフィアは小さな声で、頷いた。


「はわ、はわわ、はわ～～！」

紅茶とチョコレートを注文したソフィアは、さっそくもふもふたちと触れ合い始めた。とはいっても、店内を歩き回ってもふもふたちを見ているだけだ。

「こ、こここ、こっ、鉱石ハリネズミ!?　こ、こんにちは！」

『どもです』

ソフィアにルビーの言葉は聞き取れないけれど、見ている太一は微笑《ほほえ》ましくて頬《ほお》が緩む。

「ひゃ～、すごい、フォレストキャットもいっぱい！　こっちの子は、鉱石ハリネズミと仲良しなのかな？」

『いやぁ、自分の番《つがい》っす。ウメはめちゃくちゃ美人さんで、気が利いて、素敵なんです』

『ちょ、何言ってるの！』

「？　なんだかじゃれあってて可愛い」

あまりにも自然にルビーがウメを褒めるので、太一は見ていて恥ずかしくなる。いや、甘酸っぱいような気持ち……と言ったほうがいいだろうか。

(青春だなぁ……)

それから、ソフィアはベリーラビットやほかのフォレストキャットたちを撫《な》でたりして楽しんでいるようだ。

(そうだ、せっかくだからおやつでもサービスしようかな?)

一緒に依頼をした仲なので、それくらいはいいだろう。

太一はうさぎクッキーを一袋取って、ソフィアのところへ行く。

「ソフィア。これ、魔物たちにあげていいおやつだから、よかったら」

「あ、ありがとうございます」

「みんな大好きなんだよ」

ソフィアがうさぎクッキーを手に取ると、店内にいたもふもふたちが一斉にソフィアへ視線を向けた。

どうやら、みんなおやつが食べたいようだ。

「あわ、わわわ……っ」

集まってきたもふもふを見て、ソフィアは瞳を輝かす。

「ああっ、本当に素敵！　ベリーラビットの頭の苺《いちご》は、ポーションの調合時に使うと味がよくなるんですよ。フォレストキャットの花や葉は、それぞれ効能や甘み苦みなどに個体差があるんです。鉱石ハリネズミなんてもう……素晴らしい!!」

「ソフィア……？」

「ハッ！　私ったら、ごめんなさい。興味深いけど、別に摘《つ》んだりはしませんから、その、すみません……気になってしまって」

「いや、大丈夫……」

(そういえば、ソフィアは薬草とかを前にすると夢中になるタイプだった)

もふもふだけではなく、素材としても見られるとは……。

「みんな、このクッキーが好きなんですね。ど、どうぞ……」

ソフィアがおそるおそるクッキーをベリーラビットに差し出すと、『オレが食べるもきゅ〜！』

と、空から大将が降ってきた。

「「――っ!?」」

太一とソフィアが驚いている間に、大将が一口でうさぎクッキーを食べてしまった。

「あら、コログリ山の大将じゃないですか……もう」

ソフィアは笑いながら、残りのクッキーをもふもふたちにあげて、もふもふカフェを堪能した。

素材として見はじめたらどうしようと一瞬焦ったけれど、もふもふも好きなようだ。


「ヒメリが店内にいる間に、俺は在庫の整理でもするかな」

もふもふカフェには、従魔たちのおもちゃやお菓子、それから備品など、いろいろなものがある。

日本でしか手に入らないものもあるので、定期的に在庫のチェックなどもしているのだ。

「パスタソースはまだあるからオッケーで、あ……コーヒーメーカーの材料が少なくなってるのか」

これはあとで追加しておこう。

それから、従魔たちにあげているおやつのチェックだ。

カフェでよく出るのは、うさぎクッキー。材料があればスキルで作れてしまうため、かなり楽だが、すごく美味《おい》しい。

見ると、残りが一〇個ほどになっている。

「クッキーは作っておくか」

棚にしまっていた材料を取り出して、【おやつ調理】のスキルでうさぎクッキーを作る。あっという間に袋に詰められたうさぎクッキーの完成だ。

「よしよしっと」

それからぐるりと部屋を見回して、汚れている箇所の掃除を始める。目立つところは毎日しているけれど、棚などは気づいたときに掃除している程度だ。

ハタキで埃《ほこり》を落として棚を拭いていると、コンコンとノックの音が響いた。

「ん？」

しかし太一が店内に続くドアを見ても、何もないし、誰もいない。念のため開けてみたけれど、誰もドアの近くにはいなかった。

気のせいだったろうか。

そう思い掃除に集中しようとすると、またコンコンとノックの音が響いた。

「あれ？　ドアのほうじゃないな……」

よく見ると、キッチンの窓のところに一匹のコログリスがいた。一生懸命ノックして、『すみませんきゅぅ～！』とこちらに呼びかけている。

「あ、うさぎクッキーをお腹のポケットにしまってたコログリス！」

コログリ山にいたコログリスの一匹で、最初にうさぎクッキーをあげてからは特に関わりのなかった子だ。

背中にドングリと花の模様がある子で、さらに周りのコログリスと比べて一回り小さかったこともあり、よく覚えていた。

(いったいどうしたんだろう？)

太一は窓を開けて、コログリスを招き入れる。

「こんにちは」

『こんにちはきゅぅ！』

コログリスは中に入ると、ぺこりと頭を下げた。

『お願いがあってきたんですきゅぅ』

「うん？　俺にできることだったら、もちろん」

太一が頷くと、コログリスはぱっと表情を輝かせる。どうやら、どうしても頼みたいことがあったようだ。

(もふもふリスさんに頼られた……!!)

コログリス同様、太一も表情を輝かせ——いや、とろけさせた。

『今はお掃除をしていたきゅ? わたしも手伝うので、またうさぎクッキーがほしいのきゅぅ』

「クッキー? 別に、お腹が空《す》いているならあげるよ」

太一は作ったばかりのうさぎクッキーを手に取り、コログリスに渡そうとする。けれど、『駄目きゅぅ』と首を振った。

『お手伝いするきゅぅ~』

「……とってもいい子なんだね、君は。じゃあ、狭くて俺の手が届きにくいところを拭いてくれるかな?」

『任せてきゅぅ~!』

本当は好きなだけうさぎクッキーをあげたいところだけれど、あんな必死にお願いされては致し方ない。

(偉いなぁ)

コログリスのために、太一は小さい雑巾を用意する。これで、棚の奥などを拭いてもらえれば綺《き》麗《れい》になるだろう。

「棚の一番下の奥、俺だと拭きにくいからお願いできるかな……?」

『おまかせきゅぅ~!』

太一に仕事を任され、コログリスは嬉《うれ》しそうに棚の中を雑巾がけしていく。物同士の隙間が多く、放っておいたのでどうにも埃がたまってしまった。

タタタタッと雑巾がけをしていく姿が、なんとも可愛らしい。

（おぉぉ、助かる〜！）

コログリスは、あっという間に棚を綺麗にしてしまった。

『どうですきゅぅ？』

「すごく綺麗になったよ、ありがとう」

お礼の気持ちを込めて、もう一袋うさぎクッキーを渡す。すると、コログリスは嬉しそうに飛び跳ねた。

『ありがとうきゅぅ〜！　これは食べると元気になれる、とっても素敵な食べ物きゅぅ』

「クッキー、気に入ってもらえて嬉しいな」

『また来てもいいきゅぅ？』

「もちろん」

どうやらまた来てくれるらしい。

（俺が嬉しすぎる……）

太一がコログリスと雑談をしていると、ヒメリがやってきた。

「お疲れ、ヒメリ」

「うん。ちょっと休憩〜！　飲み物、飲み物っと」

ヒメリはコーヒーメーカーにコップを設置し、太一を見て、目を瞬《しばた》かせた。

「コログリスがいる……」

「ああ、うさぎクッキーを気に入ったみたいで訪ねてきてくれたんだ」

「タイチのおやつは美味しいもんね」

コログリスの気持ちもわかると、ヒメリは微笑む。

「そういえば、ここからコログリ山までそこそこあるけど、大丈夫？」

太一たちは馬車で行ったけれど、コログリスの足では大変そうだ。

（しかもこの子、ほかのコログリスよりちょっと小さいし……）

コログリ山で見たコログリスたちはだいたい二〇センチメートルくらいだったが、この子は一回りくらい小さい。

『大丈夫きゅぅ。途中で休憩しながら行くきゅぅ』

「休憩するにしても、心配だなぁ……」

『きゅぅ……』

ルークは無理かもしれないが、ケルベロスあたりに送ってもらうのがいいかもしれない。太一がそんなことを考えてると、ヒメリの「え？」という声が耳に届く。

「待って、待ってタイチ……そのコログリスって、テイムしてない……よね？」

「え？　してないけど……」

何か問題があっただろうか。

太一が首を傾《かし》げると、ヒメリが言葉を続けた。

「どうして、テイミングしてない魔物と喋《しゃべ》れるの……？」

――――え？

ヒメリの言葉に、太一は目を瞬かせた。


夜になり、太一は改めてこの世界と自分のことを考えていた。

ベッドに寝転んでいて、見えるのは自室の天井。いつも一緒に寝ているルークやケルベロスには、考え事があるからとカフェで寝てもらっている。

「テイムしてない魔物と会話ができるのは、たぶんスキルの【異世界言語】のおかげかな？」

今まで何も言われなかったから気にしていなかったけれど、やはり自分は規格外のようだ。

普段は隣にルークがいるのでそちらに目がいきがちだが、太一も十分すごい。本人はまったくそんなつもりはなかったけれど、周囲の人たちは太一のすごさに気づいている。

「かといって、スキルを隠しておくっていうのも難しいよなぁ……」

自分のことだから、うっかりな間違いがよくある。

太一にとって当たり前でも、この世界の人たちにとって当たり前だとは限らない。それは、今回のことに限ってではなく、今度も起こりそうな可能性がある。

おそらくヒメリあたりに問えば、間違いなく起こると断言されてしまいそうだが……。

（もちろん、お買い物スキルの日本のものや、創造で作ったものが規格外だってことくらいはわかるけど……）

スキルに関してはもう、どうしようもないのだ。

（レベルも無限だし）

はてさてどうしたものか。

考え悩みつつも、太一はそのまま寝落ちした。

『人間は買い物が好きだな』

「まあまあ、肉も買うから付き合ってくれよ」

『お、ドラゴンの肉か？』

「さすがにそれは売ってないけど……」

もふもふカフェが定休日なので、太一はルークを連れて街へやってきた。いわゆるウィンドウショッピングだ。

何か面白い道具や、変わった食材や調味料があれば購入する予定だ。残念だが、ドラゴンの肉が売っている店は見たことがない。

でも、今日の目的はショッピング以外にもある。

「ギルドランクが上がったら、カフェを増築するだろ？　建物の外観とか、いろいろ見て考えておきたいんだ」

さすがに、日本にあるようなお洒落《しゃれ》なカフェを創造するわけにはいかない。そのため、じっくりと街の風景を見たいと思ったのだ。

中世ヨーロッパのような街並みは、歩いているとワクワクする。

（もふもふカフェは、温かみがあって、休まる場所にしたいなぁ）

もふもふで癒《いや》され、簡単な食事とドリンクで休憩し、元気になってほしい。

「お、あの建物いいな」

『それなら、あっちのはどうだ？』

「それも捨てがたい！」

水色の屋根の家、レンガでできた家、花をたくさん飾っている家や、ステンドグラスなどの装飾が凝っている家。

どれもいい味が出ていて、迷ってしまう。

「でも、絶対に必要なのは大きな窓！　通りがかりの人が中を覗《のぞ》いて、興味を持ってくれるのが一番！」

まずはもふもふカフェに興味を持ってもらうところから始めなければ。

そして、ほかのテイマーにも同じようにもふもふカフェを始めてほしいと思っている。そうすれば、従魔だけではなくもっとたくさんのもふもふたちと触れ合えるからだ。

そして太一もそのもふもふカフェに通う！　浮気か!?　と従魔たちに言われてしまうかもしれないが、猫カフェに行くのが唯一の楽しみだった社畜なので少しばかりはお目こぼししてほしい。

もふもふ——魔物と触れ合うという概念がほぼないこの世界では厳しい道のりだが、もふもふ好きは着実に増えていっている。

「大丈夫、数年後にはもふもふカフェが街にあふれているはずだ……！」

なんて考えていると、「タイチさん？」と声をかけられた。

「ん？　あ、シャルティさん！　こんにちは」

「こんにちは。ちょうどよかった、今、タイチさんの店に行くところだったんです！」

「何かありました？」

少し慌てた様子のシャルティに、太一は首を傾げた。


場所をテイマーギルドの一室へ移し、用件を聞くことに。

太一がソファに座ると、ルークはすぐ横の床に落ち着く。シャルティが紅茶を淹《い》れてくれたので、一口飲んで肩の力を抜いた。

「実は、タイチさんに指名依頼がきているんですよ」

「え？」

思いがけない言葉に、太一は目を瞬かせる。

（あ、でも最近はいろいろ依頼を受けてたから……）

ランクはそんなに高くないけれど、指名依頼がきてもおかしくはないかもしれない。

「どんな依頼なんですか？」

「……タイチさんが調査をしたコログリ山なんですが、ここ数日、山頂にいるはずのフラワーベアが下りてきたみたいなんです」

「フラワーベア？」

そういえば、コログリ山のことを聞いたときに挙がった名前だったと思い出す。

普段は山の上のほうにいて、めったなことでは下りてこない魔物。しかも今は冬なので、冬眠しているとグリーズに教えてもらった。

（冬眠してるクマが山を下りてきた……みたいな感じか？）

そういえば、日本でもクマに襲われるニュースを見たことがある。

「――って、めちゃめちゃ危険じゃないですか!!」

「そうなんですよ！　フラワーベアは比較的温和で、人を襲うようなことはほとんどないらしいんですけど……やっぱり近隣の住民からすれば怖いですから」

山から下りてきてしまったら、討伐するしかない。

「なので、テイマーであるタイチさんに指名依頼というわけです。テイマーなので、戦闘職の冒険者よりはフラワーベアを扱えるのではないか……って」

それに、もし人を襲うような場合でも、ルークがいるため討伐することも可能だ。いろいろな可能性を考え、今回は太一に依頼をお願いしようということになったようだ。

（つまり、フラワーベアが山から下りてこないようにするか、それが無理なら討伐してくれっていうことか）

なるほどなるほどと、太一は頷く。

「うちにはコログリ山のコログリスがいるので、話を聞きながらやってみます。理由がわかったら、たぶん一番いいんですが……これぱっかりは、俺もどうなるかわかりません」

「もちろんです。受けてくれてありがとうございます、タイチさん！」

ということで、フラワーベアの対処をするためコログリ山へ向かうこととなった。

閑話　伝説のおやつ

最近、もふもふカフェには新メニューの『ジャーキー』が追加された。これはルークの大好物で、ドラゴンの肉で作っている。

驚かれてしまうためなんの肉か明記はできないが、その値段の高さからかなりの注目を集めてしまっていたりする。

メニュー
・スペシャルおやつ
　ジャーキー　一万チェル

（……さすがに高く設定しすぎた……か……）

こんな高いおやつ、いったい誰が買うというのか。正直、前世で太一《たいち》が通っていた猫カフェにあったとしても購入するのは無理だっただろう。

（貴族でもないと、買えないよな……）

しかし、ジャーキーは材料費がとても高い。いや、ルークが狩ったドラゴンなので正確な仕入れ値はわからないのだが、さすがの太一もとんでもない額だろうということくらいはわかる。

ギルドに買い取りをお願いなんてしたら、シャルティが驚きすぎてひっくり返ってしまうかもしれない。

「まあ、売れなかったら売れなかったでいいか」

そんなことを呟《つぶや》いたら、「新メニュー？」という声が太一の耳に届いた。

「――アルル！　いらっしゃい」

「こんにちは」

出入り口を見ると、アルルが立っていた。ちょうど来てくれたところのようで、新しいメニューの看板を見た。

看板には、『店内の従魔全員が大好き！　ものすごい食いつきです!!』と書かれている。しかし残念ながら、これまでお客さんは食いついていない。

アルルは静かにメニューを見たあと、太一がいるカウンターへやってきた。

「紅茶とチョコレート……それから、その新メニューのジャーキーをいただけるかしら」

「え……っ」

あっさり新メニューを頼まれて、太一の目が点になる。だってまさか、こんな無茶な値段のおやつが売れるとは思わなかった。いや、しかし心の片隅では期待していた……特にルークを撫《な》でたそうにしていたあの子とか。

「ありがとうございます。すぐに用意しますので、くつろいでいてください」

「ええ、ありがとう」

アルルがソファに座ると、店内のもふもふたちが彼女に視線を向けた。というのも、みんなジャーキーがものすごく美味《おい》しいということを知っているのだ。

つまり、食べたいというギラギラした欲望の視線がアルルに向けられている。

（なんだか、いつもより落ち着きがないような気配がするわね……）

普段はアルルのことを見向きもしないルークだって、チラチラ視線をこちらに送ってきてソワソワしているようだ。

「……これは、わたくしがジャーキーを注文したか――っ！」

ジャーキーという単語を口にした瞬間、ルークをのぞくもふもふたちが一斉にアルルのところまでダッシュしてきた。

本当はルークもジャーキーがほしくてたまらないのだが、孤高のフェンリルがそんなことをするのはプライドが許さず、ものすごい顔で耐えながらビーズクッションの上にとどまっている。

それには、ほかのお客さんもざわつく。

「え、何があったの？」

「みんなあの子のところに行っちゃった……！」

「戻ってきてぇ、フォレストキャットちゃぁんっ」

「私のところにも来てもらいたい!!」


しばらくすると、太一が注文品を用意して戻ってきた。しかし普段とは若干違う店内の空気に、戸惑っているようだ。

「お、おお……？　ただならぬ雰囲気？」

『わあぁっ、きたきたぁ〜♪』

『あああああっ、とっても美味しいドラゴンジャーキー！』

『早く食べたい！』

ケルベロスが太一の足に突撃していくのを見て、アルルは苦笑する。何やらワンワンと吠《ほ》えているが、きっと喋《しゃべ》っているのだろう。

アルルは魔法使いなので、魔物——従魔と会話する術《すべ》は持たない。けれど、もふもふカフェに通うようになってからは、可愛《かわい》い魔物たちの声を聞きたいと思うようにもなってきた。

なので、もふもふたちと楽しそうに話す太一のことが、ちょっと羨《うらや》ましい。


太一がアルルのもとまでやってきて、「お待たせしました」とテーブルに紅茶とクッキーを置いた。それから、袋に入ったジャーキーを手渡してくれる。

「このジャーキーはめちゃくちゃ人気なので、油断せずにあげてくださいね。本当はルークの好物なんですけど、あの性格なので食べに来ないと思います。……すっごく食べたそうにしてはいるんですけどね」

「そうね……。ルークのあんな顔は、初めて見たわ」

食べたいという欲と、孤高のフェンリルという己のプライドとの狭間《はざま》で揺れているのだろう。

アルルは太一と顔を見合わせて、苦笑する。

「それじゃあごゆっくり」

「ありがとう」

――さて。

店内のもふもふたちは、ジャーキーが運ばれてきたのでアルルから視線を離さなくなってしまった。これでは、ほかのお客さんにも迷惑だ。

(紅茶とチョコレートを楽しんでからと思っていたけれど……)

すぐにでもジャーキーをあげたほうがよさそうだ。

ゆっくり深呼吸をして、アルルはジャーキーの入った袋に手をかける。太一は油断せずにと言っていたが、開けたらいったいどうなってしまうのだろうか。

(強い魔物と対峙《たいじ》したときよりも、緊張するわ)

ドキドキしながらもジャーキーの袋を開けると――強い香りがアルルの鼻に届く。香ばしく、そして力強い、そんな風に感じる匂いだ。

「いったいなんのお肉なのかし――きゃあっ」

アルルがジャーキーを観察しようとしたのだが、そんな余裕は与えられなかった。なぜなら、もふもふたちが一斉にアルルに飛びかかってきたからだ。

『ふおおぉ、美味しそうな匂いっ！』

『早く食べなきゃなくなっちゃう!!』

『みんなで食べなきゃなのに、独り占めしたくてたまらない～！』

ケルベロスの勢いを受け止め切れず、アルルはソファへ倒れこんでしまう。しかしケルベロスは早くジャーキーがほしいので、アルルの頬《ほお》を舐《な》めて催促してくる。

「ちょ、落ち着いてちょうだい!!」

『み～っ！』

『にゃにゃっ！』

『あちしたちも、それは大好きなの』

『自分、もうこれ以外のジャーキーは食べられなさそうです』

『うおぉ、いい匂いだきゅ!!』

続いて、ベリーラビット、フォレストキャットとウメ、ルビー、大将もアルルに飛びついてくる。

アルルはすっかりもふもふに埋もれてしまった。

「～～～っ！」

いったいなんなのー！　と、アルルは叫びたくなる。こんなにもふもふに群がられたのは初めてで、どうしたらいいのかわからなくなる。

（助けて……！）

しかしもふもふに埋もれているため、声が出ない。ほかのお客さんが助けてくれるのでは!? とも思うのだが、遠目から羨ましそうに眺められているのでそれも難しかったりする。

「う、うぅ……」

もう駄目だ、自分の死因はもふられ死だ――アルルがそう考えた瞬間、『ワォン！』という一喝するような声が店内に響いた。

『『『――っ!!』』』

その声を聞くとすぐ、アルルをもふもふっていた全員が離れた。

「はぁ、はっ……びっくりしたわ」

声の発生源に目を向けると、ふんと鼻息を荒くしたルークがいた。どうやら、アルルを助けてくれたのはルークだったようだ。

（今まで一切、お客と関わるようなことはなかったのに……）

ルークの意外な一面を見て、アルルは頬を緩める。これは、助けてくれたお礼に、ルークにジャーキーをあげなければ。

（……食べてくれるといいのだけれど）

アルルはソファから立ち上がって、ルークのもとへ歩いていく。そこに、店内にいるお客さんを含めたすべての視線が注がれる。

目立つつもりはなかったのだが、仕方がない。

ルークの前へやってきたアルルは膝をつき、三枚あるジャーキーのうち、一枚を手に取ってルークの口元へ持っていく。

「助けてくれてありがとう。……よかったら、食べてちょうだい」

『………』

しかしルークは、口を開こうとはしない。

本当はジャーキーが大好きなので今にも食いつきたいのだが、孤高のフェンリルが人間からおやつをもらうなんてプライドが許さないのだ。なお太一は別である。

(食べないのね……)

仕方がないと、アルルはルークにジャーキーをあげることをあきらめる。しかし、ジャーキーを袋に戻そうとすると、ルークが『あっ』とでもいうような表情をした。

「………」

やはり食べたいのだと思い口元に持っていくと、そっぽを向いて、いらないと主張されてしまう。しかしもう一度しまうと、また切なそうな表情になる。

(……食べたい、のね)

なんとも素直じゃないと、アルルは苦笑する。

(でも、そんなところはちょっとわたくしに似ているわね……)

本当はもふもふカフェが大好きなアルルだが、グリーズとニーナの前では興味のない振りをしてしまったりする。

まあ、素直ではないのだ。

（それだったら……）

アルルは太一にお願いして、器を一つ借りる。それにジャーキーを入れて、そっとルークの近くに置いてあげた。

すると、ほんのわずかにだが、しっぽが動いた。

「――！」

『…………』

（ちょっと気にしてるわね……）

アルルはくすりと笑い、「よかったら後で食べてちょうだい」とだけ言って、ルークのそばを離れた。すぐは無理かもしれないが、閉店後あたりに食べてくれるかもしれない。

（……ふう。緊張したわね）

ルークにジャーキーをあげてきたので、残りは二つ。どうやってあげようか、アルルが悩みながら振り返ると、店内のもふもふたちが一列に並んでいた。

「え……っ！」

どうやら、ルークに注意されてしまったのが堪《こた》えたようだ。

（か、可愛いじゃないっ）

アルルは袋から残りのジャーキーを取り出して、その場にしゃがむ。いったい何等分すればいいのだろうと数えて、これはかなり小さくちぎらなければいけないと苦笑する。

「さあ、順番にあげるわ」

『みっ！』

先頭のベリーラビットがぱくりと食べて、満足そうに列から出て――最後尾に並んだ。

「え……っ!?」

思ってもみなかった行動に、アルルは慌てる。さすがに二周分はジャーキーが足りない。が、こればかりはどうしようもないので、そっと視線を逸《そ》らすことにした。

こうして、新メニューのおやつジャーキーはもふもふに大人気であるということがお客さんの間に周知され――アルルは初めてもふもふに埋もれたお客として伝説になった。

そしてもふもふに埋もれたい人が、貯金の一万チェルを握ってやってきたとか、こなかったとか。

4 冬眠できなかったクマさん

テイマーギルドで、山から下りてきてしまったフラワーベアの説得、もしくは討伐の指名依頼を受けた太一《たいち》。

初めての指名依頼は多少嬉《うれ》しくもあるのだけれど、場合によってはフラワーベアを討伐しなければいけない。もちろん、そうならないように最善を尽くすつもりではあるが。

もふもふカフェに帰宅してすぐ、大将にコログリ山のフラワーベアのことを聞いてみた。

『フラワーベアが山を下りてきたきゅ？』

「そうなんだ。よくあるの？」

『まさか！　あいつらは、冬の間は洞窟で寝てるから起きてこないきゅ！』

大将はぶんぶん首を振り、『ありえないきゅ！』と言う。

つまり、ついこの間の調査では平和に見えたコログリ山で、何か起こっているのかもしれない。

「……強い魔物が出てきて、山から下りてきたとか？」

『魔物が!?　それは心配きゅ……!!』

太一が原因を推測すると、しかしルークが鼻で笑った。どうやら、その理由はあり得ないと判断したようだ。

『強い魔物が出たのなら、とっくにほかの魔物たちも逃げてるだろう』

「それもそうか……シャルティさんの話では、山から下りてきたフラワーベアは一頭だったっていう話だったし」

『きゅ……』

食べ物を求めて？　とも思ったけれど、冬とはいえ山の中腹には植物もあった。そこまで空腹になるとも思えないが……。

（というか、どうして冬眠してるのに起きたんだろう？）

う～んと悩んでみるが、こればかりは考えてもわからない。

コログリ山へ行ってみてから考えるのがよさそうだ。

——コンコン。

すると、ふいに窓を叩《たた》く音が聞こえた。

「あ、コログリス」

うさぎクッキーをもらう代わりにお手伝いをしてくれるコログリスがいた。どうやら、またクッキーをもらいにやってきたようだ。

太一は窓を開けて、コログリスを迎え入れる。

「こんにちは」

『こんにちはきゅぅ～！　何かお手伝いを……きゅぅっ!?』

『あ、お前は弱虫コログリス!!』

手伝いを申し出るコログリスを見た大将が、『何をしに来たんだきゅ！』と声をあげた。

『べ、別にあなたには関係ないきゅぅ……っ！』

コログリスは大将の迫力に押されたのか、太一の後ろへ隠れてしまう。どうやら、二匹の仲はあまりよくないようだ。

「とりあえず落ち着いて。俺たちは今からコログリ山へ行くところなんだけど、一緒に行く？」

『山に……？　行くきゅぅ〜！　でも、お手伝い……』

同行してくれるようだが、うさぎクッキーがほしいようだ。

かといって、何かを手伝ってもらう時間もないし……どうしようか考え、そうだと閃《ひらめ》く。

「それなら、山の話を聞かせてよ。お礼にうさぎクッキーをあげるから」

『わあ、もちろんきゅぅ〜！』

「じゃあ、決まり。ルーク、ケルベロス、コログリ山へ行くよ！」

太一が声をかけると、すぐに二匹がやってきて足にもふもふの尻尾を絡ませてくる。最高に可愛《かわい》くて尊い。

『仕方ないな、背中に乗せてやろう』

『『わーい、お散歩だ！』』

コログリ山へ行くメンバーは、ルーク、ケルベロス、大将、コログリスだ。

みんながルークの背に乗り、太一たちはコログリ山を目指す。

『おい、ケルベロス！　お前は走れるだろう!!　なんでオレの背中に乗ってるんだ！』

『えぇぇ～だって、こっちのほうが楽しいよ！』

『ボクたちが元の大きさで走ったら目立っちゃうし……』

『タイチとくっついていられるから、乗ってる方がいい～』

「…………」

ルークとケルベロスの会話を聞いて、太一は苦笑する。

大将とコログリスは、ルークの背中の上ということで緊張して、ガチガチに固まってしまっている。カフェでもお山の大将のような大将だったが、さすがにルークの前では萎縮してしまうようだ。

（コログリスの緊張っぷりだと、話を聞くのは難しいかな？）

わいわいしていたら、あっという間にコログリ山に着いてしまった。


コログリ山までの道のりはいたって平和で、のんびり雑談をしつつ進んだのだが――山の中に入ると、木に爪痕《つめあと》などが残されていた。

以前の調査では、まったく見当たらなかったものだ。

大将は木についた爪痕を見て、周囲を見回した。

『これは、フラワーベアの爪痕だきゅ。夏はたまに見るけど、冬に見たのは初めてだきゅ』

もしかしたら、危険かもしれないと大将は言う。

『とりあえず、話を聞いてみるきゅ。誰かいないきゅ!?』

大将が声をあげると、木の上から数匹のコログリスがやってきた。少し怯《おび》えた様子ではあるが、怪《け》我《が》はしていないようだ。

『大将!』

『きゅ〜!』

コログリスたちは大将の顔を見て、ほっとしている。

『お前たち、山で何があったきゅ？ フラワーベアは、冬眠してるんじゃないきゅ!?』

『それが……ハチナシのフラワーベアがいたんだきゅ』

『『——!』』

ハチナシのフラワーベアという言葉に、大将とコログリスの二匹が息を呑《の》む。

しかし、太一にはハチナシがどういう意味なのかわからない。ルークとケルベロスなら知っているかと思ったが、同じく頭にクエスチョンマークを浮かべていた。

「大将、ハチナシのフラワーベアってなんだ？ 普通のフラワーベアとは違うのか？」

『ああ……タイチは知らないきゅ。フラワーベアは、それぞれ一匹ずつ相方のハチがいるんだきゅ』

「ハチが？」

『そうだきゅ』

フラワーベアは、体のどこかに花が咲いているクマの魔物。

その花からは極上の蜜が取れ、フラワーベア自身も大好物なのだ。しかし、自分では蜂蜜を採取できないので、フラワーベアには相方のハチがいる。

生涯に一匹のハチに己の花を託し、共存する。

ただ、どちらかが死んでしまったとしても、互いに新しい相方を作ることはしない。


（なるほど、その相方のハチが死んでしまってハチナシって呼ばれてるのか……）

なんとも切ない理由に、やるせない気持ちになる。

とりあえずそのフラワーベアと会って話を聞いてみようと思っていると、太一の肩に乗っていたコログリスが隣の木へ飛び移り、どこかへ走り去ってしまった。

「え!?　コログリス、どうしたの……って、もう見えなくなっちゃった」

木の上を走られたら、あっという間に見失ってしまう。

太一が不思議そうにしてると、大将がぐっと拳を握りしめた。

『……ハチナシのところに、行ったんだきゅ』

「え？」

コログリスが走っていった方を見ている大将に、太一は困惑しながら声をかける。

「何か知ってるみたいだね。……話してくれる？」

『別に、大したことじゃないきゅ』

そう言いながらも、大将はコログリスのことを話してくれた。


コログリ山は、比較的平和な山だ。

強い魔物がいないわけではないが、山頂に近づかなければ襲われることもない。ご飯のドングリも豊富で、水も綺麗《きれい》。

コログリスのように、弱い魔物たちにとって過ごしやすいところだ。


『今日もドングリが美味《おい》しいきゅ』

大将が木の上でドングリを食べているときに、異変は起きた。

山がざわつきはじめ、魔物や動物たちが何かを警戒し、巣穴の中へと引っ込んだ。

(この感じ……強い魔物がいるきゅ！)

平和な山にいったい何があったのだと、大将は急いで高い木の上へ登っていく。そして山を見下ろして――見つけた。

赤黒いウルフが、魔物たちを襲っていた。

『あれは、ウルフの亜種きゅ!?』

コログリスではいくら集まっても普通のウルフにも敵《かな》わないのに、亜種なんてとてもではないが倒すことなどできない。

見つかったら殺されるのがオチだ。

何匹かのコログリスは、すでにやられている。

『ウルフの亜種が出たきゅ！　みんな、急いで巣穴に逃げるきゅ!!』

『『もきゅー！』』

大将の声に、山中のコログリスたちが反応する。

全員素早く巣穴に入った！　そう思ったのだが、一匹だけ遅れているのがいた。足が遅く、運動神経もほかのコログリスに比べると、よくはないコログリスだ。

しかも最悪なことに、転んでしまった。

『きゅぅ～』

『弱虫！』

大将が焦って声をあげるが、コログリスは足をくじいてしまったらしく動けないようだ。ウルフの亜種が、襲いかかろうとしている。

『――っ！』

もう間に合わない。

大将がそう思った瞬間、フラワーベアの吠《ほ》える声が森に響いた。

フラワーベアが駆け、そのままウルフの亜種へ飛びかかる。どうやら、コログリスのことを助けてくれたようだ。

亜種とはいえ、所詮《しょせん》はウルフ。

この山の中で上位の力を持つフラワーベアに、敵うわけがない。

フラワーベアは、ウルフの亜種を倒した。

『た、助かったきゅぅ……ありがとうきゅぅ～！』

『…………ぐるぅ』

コログリスがお礼を言いにフラワーベアのところに行くも、何も喋《しゃべ》らずに山を登っていってしまった。

それを見て、コログリスも動く。

『おい！　弱虫、行くんじゃねぇきゅ!!　そっから先の山は危険だきゅ!!』

必死に止める大将の声に耳を貸さず、コログリスはフラワーベアを追いかけていった。

『そのときのフラワーベアが、常に一緒にいるはずのハチを連れてない、ハチナシだったんだきゅ！』

それ以来、コログリスはそのフラワーベアのところにいるのだと大将が教えてくれた。きっと、助けてもらった恩返しをしたいのだろう。

「そうだったのか……。今の話を聞くと、コログリスはもちろんだけど、フラワーベアのことも心配だ」

ウルフの亜種に襲われたコログリスを助けてくれたのだから、きっと心優しいフラワーベアなのだろうと太一は思う。

だからこそ、早く見つけなければと気持ちが焦る。

何かのはずみに人を傷つけたら、ほかにも冒険者を呼ばれてしまうだろう。そうしたら、間違いなく討伐されてしまう。

（それより先に、俺が見つけ出して話を聞く）

いつもはルークに頼り切りの太一だが、今回ばかりは自分も頑張らなければと腹をくくる。

それでも、戦うことはできないけれど。


「――【索敵：フラワーベア】！」


猫の神様が授けてくれたテイマーのスキル、【索敵：魔物】。

魔物を指定すると、自分の周囲にいる対象を地図にして表示してくれる。

太一がスキルを使うと、自分の周囲が地図のように可視化され、フラワーベアを見つけることができるのだ。

「って、結構フラワーベアの数が多い……あ、一頭だけ山の下のほうにいるのがいるから、それがハチナシのフラワーベアか！」

ここからは少し離れているが、ルークの足があればすぐに追いつくだろう。

「よし、すぐに行こう！　ルーク、ケルベロス、大将――」

太一がみんなの名前を呼ぶと、大将の周りにほかのコログリスたちが集まっていた。

『フラワーベア、襲ってくるきゅ？』

『大丈夫きゅ？』

『なーに、大丈夫だ！　ルーク様は強いから、フラワーベアが襲ってきても楽勝きゅ！』

大将はどっしり構え、怖いことは何もないと説明している。

(さすがはコログリ山の大将、信頼されてるんだな)

『つと、待たせたきゅ！　早くフラワーベアのところに行くきゅ』

「……うん！　行くぞ、ルーク、ケルベロス！」

『ああ』

『『はーい！』』

索敵を使いながら、太一はルークの背に乗って駆けだした。

『タイチ、このまままっすぐでいいのか？』

「うん！　山の上のほうに移動してたんだけど、止まったみたいだ」

山の中腹部分まで来ると、雪が降ってきた。

寒いけれど、ルークのもふもふの毛がとても暖かい。膝にはケルベロスがいるし、大将は太一の首に尻尾を巻いてくれている。

(幸せの温《ぬく》もりだ……)

——と、考えている余裕はない。

「急ごう！」

山頂に近づくにつれて、雪の勢いが増してきた。冷たい風が太一の顔面に吹いて、息をはくと睫《まつ》毛《げ》が凍りついてしまうほどだ。

ルークたちがいなければ、一瞬で凍死していたかもしれない。

(さすがは冬の山、やば、やばい……っ!!)

防寒具をちゃんと着るとか、そんなレベルではない、雪山の過酷さ。それなのに、ルークとケルベロスはけろりとしている。

もふもふの毛があるにしたって、それだけでしのげるとは思えない。きっと、体のつくりや鍛え方が違うのだろうなと太一は思う。なんといったって、二匹とも伝説級の魔物だ。

『おぉおっきゅ、これは寒いきゅ!!』

大将が震えながら、太一の首にしがみついてきた。自慢の毛皮があっても、この寒さには勝てないようだ。

「大将、ここに入ってて」

『ありがとうきゅ！』

ジャケットの胸元に大将を入れて、少しでも雪から守れるようにと太一は前のめりになる。大将のもふもふが、冷たくなった太一の肌にも暖かい。

「ふぅ……。素敵スキルによると、すぐ近くにフラワーベアがいるはずなんだけど……」

吹雪のため視界が悪く、魔物どころか周囲の地形がどうなっているかも太一にはよくわからない。

これは困ったぞと思っていると、ケルベロスがふんふんと鼻を鳴らした。どうやら匂いで確認しているようだ。

それから目を細めて、じぃーっと前方を見て、カッと目を見開く。

『あ、洞窟だー！』

『あそこからフラワーベアっぽい匂いがするよ～』

『大丈夫かなぁ？』

ケルベロスが吹雪の先に洞窟を発見したようで、ルークの上から飛び降りていった。様子を見てくれているようだ。

『おーい、誰かいる～？』

『出ておいで～』

『あ、コログリスだ！』

『きゅぅ……！』

どうやら、コログリスがいるようだ。

「大丈夫そうか？　ケルベロス」

『うん！』

太一の問いかけに、ピノが返事をしてくれた。

ほっと胸を撫《な》でおろし、太一たちも洞窟へ行く。雪を避けられるだけで、だいぶありがたい。

体にかかった雪を落とし、ゆっくり洞窟の中を歩いていく。深さはだいたい一〇メートルほどで、中に行くほど広くなっている作りのようだ。

コログリスが太一のところまでやってきた。

『ご、ごめんなさいきゅぅ！　フラワーベアは、人を襲ったりしないきゅぅ……だから、退治しないできゅぅ』

「ああ、そうか……俺たちがフラワーベアを討伐すると思ったのか。大丈夫、そんなことはしないよ」

安心してと、太一は震えるコログリスへ微笑《ほほえ》む。

『きゅぅ……』

コログリスは安心したようで、『こっちきゅぅ』と太一たちを洞窟の奥へ案内してくれた。

洞窟の奥へ行くと、一メートルほどのフラワーベアが丸まって寝ていた。

尻尾と胸の部分にオレンジ色の花が咲いている、こげ茶色のクマの魔物だ。まだ子どもだからか、すやすや眠る姿はとても可愛らしい。

たくさんの落ち葉があり、寝床ということがわかる。

その近くにはうさぎクッキーが入っていた袋も落ちていて、コログリスがフラワーベアのために太一の手伝いをしてクッキーを手に入れたのだということがわかった。

『フラワーベアは、わたしのことを心配して山を下りてきたんだって言ってたきゅぅ……。ハッチみたいに、わたしが死んじゃうと思ったんだきゅぅ』

「ハッチ？」

『フラワーベアの相方だった、ハチきゅぅ』

「あ……」

コログリスの言葉に、太一は俯《うつむ》く。

フラワーベアにとって、ハチは生涯に一匹だけのパートナーだという。そのハチを亡くしただけでも辛《つら》いのに、仲の良いコログリスにまで何かあったら……。

「本当に、フラワーベアはコログリスのことが心配だったんだな」

『とっても優しいんだきゅぅ。本当は冬眠だってしないといけないのに、わたしが一人になるのが心配だから……って』

「だから冬眠しなかったのか」

『きゅぅぅ。でもご飯が足りなくて……。うさぎクッキーは少し食べただけで元気になれたから、食べてほしかったんだきゅぅ』

眠れないことや、冬で食料がいつもより少ないこともあり、フラワーベアは衰弱しているように見える。

（うさぎクッキーは栄養満点だから、それで少しは元気になったみたいだ）

そのことに、太一は少しほっとする。


太一たちの話し声が聞こえたからか、フラワーベアが目を覚ました。

ぱっちりしている水色の瞳が、太一に向けられる。

『だぁれ？』

「俺はタイチ。コログリスの友達だよ」

『友達……』

フラワーベアは起き上がると、笑顔になった。

そのまま太一の頰《ほお》あたりに鼻先を近づけて、匂いを嗅いでいる。フラワーベアの弾力のあるもふもふが、なんだかくすぐったい。

『クッキーのいい匂い……。美味しいクッキーをくれたのは、お兄ちゃんだよね？　ありがとう』

「どういたしまして。でもコログリスがお手伝いをしてくれたお礼にあげたから、感謝の気持ちはコログリスに」

『うん。ありがとう』

『きゅぅ～』

思っていた以上に、フラワーベアは温和な性格をしているようだ。

（凶暴な魔物からコログリスを助けたりしてあげてたもんな）

太一はうんうんと頷《うなず》いて、そうだったと鞄《かばん》の中からドラゴンジャーキーを取り出す。とりあえずたくさん食べて、元気になってもらわなければ。

それに真っ先に反応したのは、ルークだ。

『オレの飯だな！』

目をキラキラ輝かせている。

『あ～ずるい！』

『ボクたちも食べた～い！』

『お腹空《す》いたなぁ』

ケルベロスも反応している。

『美味《うま》そうだきゅ！』

大将はヨダレを垂らしている。

コログリスとフラワーベアは、じっと見つめてきている。美味しいというのは匂いでわかるようで、持った手を左右に動かすとそれを追って目が動く。

（可愛い……）

「ちゃんと全員分あるから、みんなで食べよう。俺も食べるし」

ドラゴンジャーキーは、めちゃうまなのだ。

全員に渡すと、すぐに食べ始めてくれた。

『んむ、やはりドラゴンの肉は最高だ！』

『『おいし～～！』』

『ふおおぉぉ、ドングリの百倍美味しいきゅ!!』

『きゅううぅぅ～！』

『……っ、美味しい』

あっという間に、ドラゴンジャーキーを食べ終わってしまった。

「これしか持ってきてないんだ。うさぎクッキーで我慢してくれ」

『タイチ、おかわり！』

『仕方ない』

ルークのもっとよこせコールに、実はもう食べつくしてしまったとは言いにくい。言ったら最後、すぐにドラゴン狩りに連れていかされるからだ。

(このままドラゴンを狩りながら帰ろうと言い出しそうだ)

さすがにそれは勘弁してほしいので、今は黙っていることにした。


ご飯を食べ終わり、落ち着いたので太一は今回の話を切り出した。

「実は、フラワーベアが山から下りてきて危険じゃないか……っていう話が街であってね。だから俺たちは、ここに来たんだ」

『街から……』

事のあらましを説明すると、フラワーベアは『ごめんなさい』と謝罪の言葉を口にした。

『人を襲うつもりは、ありません』

「うん。俺も、フラワーベアに会ってそれはよくわかったよ。だから、ギルドにはそう伝えるつもりだ」

『ありがとうございます』

フラワーベアはほっと胸を撫でおろし、安堵《あんど》する。

そして太一、ルーク、ケルベロスを見て……お願いを口にした。

『コログリスを、お兄ちゃんの従魔にしてもらうことはできますか？』

『きゅぅっ!?』

「え？」

フラワーベアの言葉に一番驚いたのは、コログリスだ。

『どうしてきゅぅ？　わたしが、弱いから一緒にいちゃいけないのきゅぅ……？』

コログリスは目元に涙をたくさんためて、フラワーベアを見る。フラワーベアは慌てて、『違うよ！』と首を振った。

『ボクはまだ子どもだし、今年は大丈夫だったけど……冬は寝なきゃいけないし……守ってあげられないかもしれない。だから、安全なところにいてほしいんだ』

『きゅぅ……』

フラワーベアは、フェンリルやケルベロスを従魔にしている太一ならば、コログリスを預けても安心だと判断したのだろう。

くわえて、美味しいご飯に、太一は温和で人柄もよい。

しかし、コログリスは大きく首を振った。

『そんなの嫌きゅぅ！　わたしのお友達は、フラワーベアだけだきゅぅ！』

だから絶対に離れたくないのだと、コログリスはフラワーベアに抱きついた。ぎゅうっと、しがみつくように。

(こんなに思いあってる二匹を、離れ離れにするなんて無理だ)

コログリスが従魔になってくれたら嬉しいが、優先すべき相手はフラワーベアだろう。

(でも、解決策というか……何かしらはほしいよな)

フラワーベアが心配しているように、このコログリスは体が小さい。大将が弱虫と呼んでいたことから、平均より戦闘能力も劣っているのだろう。

自分がいない間が心配という、フラワーベアの言い分にも頷ける。

(大事な友達のことだもんな、心配だよな……)

かといって、太一たちがコログリ山まで来て守ることも難しい。

どちらかといえば、フラワーベアがコログリスと一緒にいられる環境を整える方が簡単かもしれない。

たとえば、食料を渡したり。

さて、どうしようか。

『なら、二人ともテイムしちゃえば？』

『それならなんの問題もないね！』

『仲間が増えるのは、いいこと～！』

「え……それは……いいのか？」

真剣に悩む太一だったが、ケルベロスからの提案であっという間に解決してしまった。これなら二人が離れ離れになることもないし、太一ももふもふが増えて嬉しい。

(って、マテマテマテ！)

もちろん、二匹をお持ち帰りできるならすぐにでも！　ウェルカム!!　しかし、フラワーベアにだって山での生活があるだろうし……。

そう思って太一がちらっとフラワーベアに目を向けると、お尻のお花が揺れている。どうやら、テイミングされることはとても嬉しいようだ。

「えっと……フラワーベアと、コログリス、うちに来る？」

まだギルドランクを上げていないから、かなり狭いけれど……二匹と一緒に過ごすことができたら、きっと楽しいだろう。

(それに、なんとなく放ってはおけない……っていうのは俺のエゴかもしれないけど)

太一が二匹に手をのばすと、ゆっくりと歩いてきた。

『ボクたち、お兄ちゃんについていっていいんですか？』

『一緒にいられるきゅぅ？』

「もちろん。よかったら、俺たちと一緒に行こう。家には、ほかにもたくさんの仲間がいるよ」

そう言って太一が微笑むと、二匹は嬉しさのあまり飛びついてきた。

『よろしくおねがいします！』

『フラワーベアと一緒にいられるの、嬉しいきゅぅ』

こんなにあっけなく幸せな気分――もとい解決してしまっていいのだろうかと、太一は苦笑する。

こんな依頼なら、いつだってウェルカムだ。


「それじゃあ、フラワーベアとコログリスを――【テイミング】！」


太一がスキルを使うと、二匹に光が降り注ぐ。無事にテイミングが成功したようだ。

「二人の名前は……フラワーベアが【スノウ】、コログリスが【ハルル】、どうかな？」

『スノウ！　名前をありがとう、お兄ちゃん！』

『ハルル、可愛いきゅぅ～！』

どうやら二匹とも名前を気に入ってくれたようだ。

名前をつけるときは、いつもドキドキする。

気に入ってもらえなかったり、変だと思われてしまったら……と、かなりプレッシャーがのしかかってくるのだ。

（会話ができるから、なおさら）

幸いなことに、誰からも不満は出てきていない。

『よし、それじゃあ帰るぞ』

『『『そうしよ～！』』』

ルークの声に、ケルベロスが元気に返事をする。

しかしその中で、大将だけしょんぼりしているのが目に入った。どうやら、何か気になることがあるようだ。

「どうしたんだ？　大将」

『タイチ……』

「うん？」

口ごもる大将を見て、太一はどうしたのだろうと首を傾《かし》げる。何か言いたいことがあるのに、言いにくいような……。

「あ、もしかしてハルルと仲が悪かったり……とか？」

『それは！　まあ、違うとも言いきれないきゅ。でも、そうじゃなくて』

大将は深呼吸をしてから、真剣な瞳で太一を見つめた。

『オレ……このまま山に残って、みんなの面倒を見たいんだきゅ！』

「――！　そうか、大将はこの山の大将だったもんな」

太一は、先ほど大将がほかのコログリスから頼りにされていたことを思い出す。きっと、コログリスたちの心の支えでもあるのだろう。

同時に、大将も山のコログリスたちのことがとても心配のようだ。

(安易にテイムするのもよくなかったな……)

大将の体はわずかに震えていて、勇気を出して話してくれたということがわかる。

「話してくれてありがとう、大将。俺は大将の意思を尊重するよ」

『タイチ……』

太一の言葉に、大将の目が潤む。

大将は太一のことが大好きだ。けれどそれと同じくらい、コログリ山のコログリスたちのことも大切な仲間なのだ。

どちらかを選ぶというのは、難しい。

『ありがとう、タイチ！　オレはこのままコログリ山に残って、仲間を守るきゅ！』

「格好いいな！　大将ならできるって、信じてる」

『もちろんきゅ！』

太一と大将は、拳を作ってこつんと合わせ健闘を祈った。

「さてと……帰る前に、一応確認。大将は俺にテイミングされたまま山に残る、っていうことでいいのかな？」

『オレのこと、従魔のままでいさせてくれるのきゅ？』

「もちろん。大将がよければ、だけど……」

太一としては、テイミングしたままでなんら不都合はない。

なんなら、テイミングしている仲間のみに使えるスキルもあるので、このままのほうがいいくらいだ。

『嬉しいきゅ！　ずっとずっと、タイチの従魔でいたいきゅ～～！』

大将、男泣きである。

太一の足にぎゅっとしがみついて、大将は何度も『大好ききゅ！』と愛を伝えてくれた。

🐾 🐾 🐾 🐾

「こんにちは～」

『くるぅ』

『きゅうぅ～』

翌日、太一はスノウとハルルを連れてテイマーギルドへやってきた。

「いらっしゃいませ～って、タイチさん!?　どどどどど、どうしてフラワーベアがここにいるんですか!?　依頼していたフラワーベアですか!?」

「そうですよ。いい子だったので、テイムしたんです。依頼的には、問題ないですよね？」

山から下りてきているというフラワーベアに対する依頼は、必ず討伐をしろというものではなかった。説得のため、テイミングして解決をしてもなんら問題はないのだ。

シャルティは頭を抱えつつも、「もちろんです」と頷いた。

「しかし、この子がフラワーベアですか……。実際に見たのは初めてです。顔立ちは可愛い感じですが、何歳くらいなんでしょう？」

『一歳だよ』

「え、一歳なのか」

「一歳でこんなに大きいんですか、すごいですね」

シャルティの質問にスノウ自身が答え、それに太一が驚きシャルティまで伝わった。

ということは、スノウはまだまだ成長するのだろう。

(急いでカフェを大きくしないとやばいな……！)

でなければ、ヒメリの雷が落ちるだろう。


先にスノウとハルルの従魔登録をし、次に依頼達成の話に入る。

報酬を受け取り、「お疲れさまでした」とシャルティから労《ねぎら》いの言葉をかけてもらった。

「――さて。タイチさん」

「はい？」

突然真剣みを帯びたシャルティの声に、太一は思わず身構える。もしかしたら、とんでもない依頼を押しつけられるかもしれない……!!

しかし、そんな表情は一瞬だった。

「ランクアップ、おめでとうございます!!」

「えっ!?」

思いもよらなかった宣言に、太一は茫然《ぼうぜん》とする。

だってまさか、もうランクアップするとは思わなかったからだ。もっと依頼の回数をこなして、テイマーギルドに貢献しなければいけないと思っていた。

「えっと、ありがとうございます。でも、いいんですか?」

(いや、俺としてはありがたいけど……!)

太一が驚きながら言うと、シャルティはくすりと笑う。

「もちろんですよ。というかタイチさん、自分がどれだけすごいかまったくわかってないんですから!」

――いいですか。

と、シャルティがびっと指を立てる。

「普通のテイマーは、従魔をなん十匹も持てません。スキルレベルが高かったとしても、せいぜい一〇匹がいいところでしょうか」

「――!」

シャルティの言葉に、家には何匹従魔がいただろうかと考え――数えてはいけないと思い聞かなかったことにする。

「それから、従魔の強さ！　ただのウルフだって、テイムの成功率は五分五分です。それなのに、ウルフキングのルークに、今度はフラワーベアまで？　信じられません」

「成功率……」

一〇〇%です、なんてそんな。

「それに、スキルの多さ！　会話やおやつ調理に、回復スキルもありますよね。しかも、どれも高レベルですよね……？」

「確かに、スキルは多いしレベルも高いかも……しれません」

といいつつ、すべてのテイマースキルがあるうえにレベルは無限だ。もちろんこんなこと、誰にも言えはしないけれど。

太一の顔が引きつった笑顔になる。

シャルティはそれを見逃さず、「ですから」と手を叩く。

「テイマーギルドとしては、タイチさんにどんどんランクを上げていってほしいんですよ。優秀なテイマーなんですから、ぜひ上を目指してください」

「えぇっ！　でも俺、出世には興味ないですよ」

もふもふカフェを自由に経営できるだけのランクがあれば、十分だ。

それに、ランクが上がったあとは依頼を受けるつもりはない。そんなことをしていたらカフェをやっていけないし、のんびりすることだってできやしない。

社畜はまっぴらごめんなのだ。

ということで、この話は切り上げることにする。

「ランクが上がったので、物件と周りの土地の購入ができるんですよね？」

「……はい。タイチさんはなかなか手ごわそうですね」

「このまま流されて依頼を受け続けてランクを上げたりはしませんよ……」

「残念」

シャルティはぺろりと舌を出し、くすりと笑った。

「それじゃあ、物件の手続きをしちゃいましょうか。周囲の土地もですけど、どれくらいの広さがほしいですか？　あそこら辺は、かなりの広さをテイマーギルドが所有してるんです」

なので、ある程度の融通は利くとシャルティが教えてくれる。

「う～～ん……」

どれくらい土地がほしいかと言われても、いまいち実感がわかない。というか、今後どれくらいの広さが必要になるのかがわからないのだ。

（もし大きなもふもふに出会ったら？　……たぶんテイムする）

けれど、懸念すべきはそれだけではない。

（小さくて可愛いもふもふの大群に出会ったら？　……たぶんテイムする）

つまり――どれだけあっても安心できる広さは手に入れることができないのだ。だって、どんどんもふもふが増えるのだから。

現に今だって、スノウとハルルが増えている。

シャルティは正直、コログリスが一〇匹くらい増えるのではないかと戦々恐々していたくらいだ。

そこでふと、太一の脳裏に『全部買ってしまえばいいのでは？』という悪魔の囁《ささや》きが聞こえてきた。

ルークのおかげもあってお金はたんまりあるので、郊外の土地を買うことくらいはできるだろう。

別に土地を購入したからといって、家を建てたり、何かをしなければいけないわけではない。太一の土地になったのなら、そのまま放置しておいても問題はないのだ。

太一はむむむと悩み――シャルティを見た。

「周囲の土地、全部買います！」

閑話　噂のテイマー

ジョッキ同士がぶつかる乾杯の音と、慌てて追加のお酒を運ぶウエイトレス。厨房《ちゅうぼう》の奥からは料理のいい香りがしている。

がやがや賑《にぎ》やかな酒場は、むさくるしい男だけではなく、女性客も何組かいる。その中の一組に、テイマーギルドの受付嬢、シャルティの姿もあった。


一気飲みをしたエールのジョッキをドンと机に置いて、女性はシャルティのことを見た。

「それで、シャルティはどうなの？　彼氏はできた？　私は今日、振られましたけど～～！」

「落ち着いてよ、イザベラ。彼氏はできてないから」

「シャルティってば、それでいいの？」

イザベラと呼ばれた女性は、ぐぐっとシャルティに詰め寄る。いい男がいるなら、すぐにでも捕まえておくべきよ！　――と。

「でも結局、誰かいい人はいないの？　テイマーギルドの受付って、出会いがなさそうだわ」

「クロエまでそんなこと言うんだから……」

イザベラの話に乗っかったクロエと、シャルティ。今日は昔からの友人であるこの三人で飲み会をしている。

飲み会、と言ったら聞こえは多少いいかもしれないが、男に振られたイザベラのための飲んで発散しようの会と言ったほうがわかりやすいかもしれない。

「でも、別に出会いがないわけじゃないもん」

確かにテイマーギルドはいつでも閑古鳥が鳴いていて、人がいない。しかし今は、太一《たいち》というスーパーミラクルに強いテイマーが所属してくれているのだ。

シャルティの発言を聞き、イザベラが目を光らせる。

「それって……もしかして噂《うわさ》のテイマー？　依頼をどんどここなしちゃうっていう」

「そう！　イザベラも知ってるの？」

「私も知ってるわ、それ！　大きいウルフ系の従魔を連れている人でしょう？」

イザベラとクロエの言葉に、シャルティは頷《うなず》く。

自分が担当しているテイマーが活躍し、街で噂になっている。とても嬉《うれ》しいし、この仕事を続けてきてよかったと誇らしくなる。

「その人はどうなの？　イケメン？　アタックした？」

「何を言ってるのイザベラ……」

イザベラは恋多き女性で、今まで付き合った男性は片手では足りないだろう。恋の話も大好きで、ことあるごとにシャルティの世話まで焼きたがるのだ。

「……タイチさんは、私のことなんて眼中にないよ」

だからこの話は発展しないしつまらないので、おしまい！　シャルティがそう言って手を上げるが、イザベラが「待て待て待て」と止める。

「シャルティってば、その、たい、タイチ？　に、恋しちゃってるの？」

「今まで彼氏いない歴イコール年齢だったシャルティに、ついに春が来ちゃったの？」

嬉しい〜！　と、イザベラとクロエが声をハモらせた。

「違う違う、そんなこと言ってないでしょ！」

「でもぉ、気になってはいるんでしょ？　その、タ・イ・チ・さん！」

クロエが楽しそうな笑みを浮かべ始めたので、イザベラに続きこちらも酔ってきたなと、シャルティはため息をつく。二人は酔うと絡んでくるので、大変なのだ。

シャルティはなんて言えばいいだろうと考えつつ、二人を刺激しないように言葉を選ぶ。

「別に異性として気になっているわけじゃなくて、受付として担当してるテイマーっていうだけだから。テイマーは少ないし、気にかけるのは担当として当然でしょ？」

さも正当性のある理由を並べるシャルティだが、お酒のせいもあってか、話しているうちにどんどん顔が赤くなってきている。

「「…………」」

イザベラとクロエは顔を見合わせて、これはこれはと同じ感想を抱く。本人に自覚はないようだが、かなり太一が気になっているみたいだ。

「……告白しちゃえば？」

「ぶふうっ!!」

突然のイザベラの提案に、シャルティは飲んでいたエールを噴き出した。

「ちょっと、いきなりなんてこと言うの！　そんなことするわけないし、オッケーだって……してもらえないよ」

「大丈夫、シャルティは可愛《かわい》いし！　あ、それともタイチさんは妖艶《ようえん》な美女のほうが好き？　だったら、私にもチャンスがあるかしら……？」

「何言ってるの、駄目に決まってるでしょう！」

「えぇぇ〜フリーならいいじゃない」

「テイマーを守るのも、担当の務めなんですー！」

だから絶対に近づかないでと、シャルティが頬《ほお》を膨らませる。


そんなシャルティとイザベラのやりとりを見て、クロエがくすくす笑う。今まで恋愛にまったく興味がなさそうだったシャルティが、いい傾向だ。

ただ問題は、そのテイマーが一筋縄ではいかなさそうなところだろうか。

クロエが街で聞いた太一の噂は、どれもすごいものばかりだった。一〇〇匹を超える魔物を一晩で倒したり、大量の従魔を連れていたり……規格外のことばかりだ。

知り合いに冒険者がいるけれど、数人のパーティだったとしても、太一と同じことをこなすのは恐らく難しいだろう。

（はっきりした自覚はないみたいだけど……シャルティは大変な人に惚《ほ》れちゃったわね）

競争率が高そうで、一介の受付嬢がアタックするには少々相手が格上すぎる。……が、そこはシャルティの可愛さでアタックすればなんとかなるかもしれない。

「もー！　告白なんてしないって言ってるでしょ、イザベラ！　タイチさんは今、ランクアップもしたし、大事な時期なの。担当の私が困らせるわけにはいかないの!!」

「わかった、わかったたってばー！　もう！」

つまらないんだからと、イザベラが拗《す》ねたように唇を尖《とが》らせた。

「でもま、シャルティに小さな春が来たことは純粋に喜びましょ！　ということで、カンパーイ！」

「もう。まだ飲むの……乾杯」

「乾杯〜！」

シャルティはすでに疲れ切ってしまったけれど、飲みはどんどんカオスになってまだ続くようです……。

5 今日もうちの子が可愛い

テイマーギルドで無事に物件と土地の購入を終え、太一《たいち》はもふもふカフェへと戻ってきた。購入した土地は、おおよそサッカーコート五面分だ。

ほとんど何もない状態から始めた異世界生活なのだから、太一にとっては大進歩だ。

「おおおおぉぉ、ここら一帯が全部、俺の土地……!!」

太一はもふもふカフェの周囲を見回して、感動の声をあげる。

もし今も日本に住んでいたら、こんな経験はきっと一生をかけてもできなかっただろう。異世界に来てからは、もふもふカフェも経営できているし、いいことだらけだ。

『わ～、かけっこできるね！』

『川とか作っちゃう!?』

『もっと仲間を増やそう～！』

ケルベロスは浮かれながら、辺りを駆け回っている。広い場所で走れることが、楽しいらしい。

「とはいえ、今すぐにこの土地を全部使う……っていうわけじゃないぞ？　さすがに、俺一人じゃ無理だよ」

手入れをしなければいけないし、建物を建てるにしても、まだ明確な使い途《みち》がない。もちろん、従魔と思いっきり駆け回るなどはいつでもできるが。

（というか……スキルで家を建てたらさすがに驚かれる、よな？）

なんでもありと思えそうな異世界も、一晩で家が建ったりはしないだろう。

そうなると、だいたいの骨組みを大工に頼み、細かい部分を太一がスキルを使って仕上げる、というのが一番いいだろう。

建て替え中、もふもふカフェはしばらく休みにするしかないが、それはちょっと嫌だなと思う。

「ん〜〜、あ！　そうだ、今の店舗部分はそのまま家として使うことにして、新しい店舗を建ててもらおう！」

ついでに新店舗の裏側には、購入した土地の一部を柵で囲い、動物園にある『もふもふふれあいコーナー』みたいなのを新設すればいい。

おいおいでいいが、もふもふ舎も作ろう。

（うん、いい感じだ）

太一がにやにやしながら土地を見ていると、ルークが太一にジト目を向けた。

『ろくでもないことを考えてそうだな？』

「いやいやいや、超有意義なことを考えてたよ！　とりあえず、大工さんを探して新しいもふもふカフェを作ってもらわないと!!　ということで、ちょっと街に出かけてくるけど……ルークたちはどうする？」

太一の言葉に、ルークは首を振る。

『どうせ話が長いんだろう？　オレはのんびり待ってる』

『『じゃあボクたちが一緒に行く～！』』

ルークの代わりに、ケルベロスが片脚を挙げた。一緒に出かけられることが嬉《うれ》しいようで、尻尾をぶんぶん振っている。

可愛《かわい》い。

「んじゃ、一緒に行こうか。いい大工がいるといいんだけど」

『やったぁ～！』

『腕のいい大工さん～！』

『楽しみっ！』

ケルベロスがいると、一気に賑《にぎ》やかだ。

新しいもふもふカフェのことを考えながら、太一はケルベロスと一緒に街へ向かった。


あいにくと大工の知り合いはいないので、テイマーギルドでシャルティにお勧めの大工を紹介してもらった。

やってきたのは、街の端にある大工の店だ。

工房が隣についている、平屋造りの建物。

トンカチのマークが看板になっていて、物を作るトントンというリズミカルな音が聞こえてくる。

声をかけると、すぐに案内してもらうことができた。


「なにぃ、もふもふカフェを作る!?」

「あ、俺知ってるっす！　あの、魔物がうじゃうじゃいるとかいうカフェっすよね!!」

「知っていただいていたんですね、ありがとうございます」

出てきたのは、大工の親方とその弟子。

「師匠、もふもふカフェ行きたいっす！」

「馬鹿言ってんじゃねぇ！　俺らみたいな野郎が行く場所じゃねぇだろう!!」

どうやら、親方ももふもふカフェのことは知ってくれていたらしい。反応を見るに、気にはなっていたが気恥ずかしくて来られなかったようだ。


職人気質《かたぎ》で厳しそうな、親方。

背は低く、頭に鉢巻を巻いている五〇代のおやじさん。

新しいものに興味があるらしい、弟子。

二〇代で、陽気でハッピーそうな男だ。

ケルベロスは二人を見ながら『『『わ〜』』』と声をあげる。

『この人たちが新しいカフェを作ってくれるの？』

『腕は確かかな？』

『楽しみ〜〜！』

弟子がケルベロスの視線に気づいて、「うおっ」と飛び上がる。

「なななななんすか、このワンちゃんは!!」

「首が三つたぁ、めずらしいじゃねぇか」

親方も動揺しているようだが、それを表に出すことはしない。しかしチラチラ視線を送っていることはバレバレだ。

かなり気になるのだろう。

親方は咳払《せきばら》いをして、太一を見る。

「それで、もふもふカフェ……だったか。どういうものがいいかっていうのは、決まってるのか？従魔用の畜舎を作ったことはあるが、カフェだといまいちピンとこねぇな」

「はい！　あ、でも……今のカフェを見てもらったほうが早いかもしれませんね」

ということで、親方と弟子の二人をもふもふカフェに招待した。

もふもふカフェは本日定休日。

つまり、親方と弟子の貸し切り状態のようなものだ。

入ってすぐに、弟子がテンションをマックスまで上げる。

「うつわぁ〜！　ここが、噂《うわさ》のもふもふカフェ!!　すごいっす!!」

「おい、そんなに騒ぐんじぇねぇ！　恥ずかしいだろ!!」

親方が弟子にゲンコツを落とし、黙らせる。

「えーっと、お茶を淹《い》れてくるのでゆっくりしていてください」

「すまねぇな」

「あざーっす！」

太一が下がっている間、親方は店内をゆっくり歩きまわる。現状がどうなってるか、しっかり自分の目で見て確認するためだ。

中央にあるらせん状のキャットタワーをはじめ、もふもふたちのために用意されているものが多々ある。

フォレストキャットたちがそれを使い、自由に移動している様子は見ていて飽きない。

「なるほど、従魔たちが通る道ってことか……」

「すごいっすね〜！　あ、ちょ、親方!!」

「なんでぇ」

「鉱石ハリネズミもいますよ!!　すごいっす!!」

『ボク？』

弟子はソファに座ってくつろいでいたルビーとウメのところへ行く。見つめるのは、ルビーの針の鉱石だ。

「うわ、うわあぁぁ、輝いてるっすね！」

『ちょっと、ルビーにちょっかい出したらただじゃおかないわよ！』

近寄ってくる弟子に、ウメが『シャー』っと威嚇する。ルビーは自分の番《つがい》になったのだから、変な目で見るんじゃない！　と。

「わわわっ！」

「この馬鹿、何してるんだ！」

すかさず弟子に親方のゲンコツが飛んできた。

「痛いっす！　俺はちょっと、素敵な鉱石だなーって思っただけっす！」

「ったく、ろくなことをしねぇんだから」

「何もしてないっす……」

親方と弟子でわーわーしているところに、太一が戻ってきた。随分賑やかだと、笑いながらコーヒーをテーブルへ置く。

すると、弟子が「なんすかそれ!?」と食いついてきた。

「コーヒーです。苦いので、砂糖とミルクを一緒にどうぞ。ただ、苦手な人も多いので……そのときは遠慮せずに言ってください。ほかのドリンクもありますから」

「了解っす！　いただきます！　にっがあぁぁ！　苦いっす、これ！」

「馬鹿野郎！　落ち着かねぇか!!」

再び親方のゲンコツが弟子に落ちる。

なんともせわしない二人組だと、太一は苦笑する。

弟子は砂糖を三つとミルクを入れて、落ち着いたようだ。親方は渋い顔をしていたので、お茶を出したらそちらを気に入ってくれた。

「気を使わせちまってすまねぇな」

「いえいえ。うちのドリンクは、ちょっと変わってるものもありますから。人によって、好き嫌いがわかれやすいんですよね」

だから気にしないでくださいと、太一は笑う。


太一は店内を見回して、キャットタワーや窓の必要性など、従魔たちにとって過ごしやすい環境はどんなものかというのを親方に説明する。

もちろん、おもちゃや備品などの収納スペースもしっかり要望を出す。ねこじゃらしなどは長いため、上手《うま》くしないとスペースが取れないのだ。

太一の説明を聞き、親方は「なるほど」と頷《うなず》く。

「従魔たちは、自由に外に出るのか？」

「基本は店内にいますけど、俺と一緒に外へ行くこともありますよ。ああでも、新しいカフェは庭スペースも充実させたいんですよね」

テラス席があるのもいいなと、太一は考える。

駆け回るもふもふたちを見ながらのティータイムは、とても楽しいだろう。むしろ自分がみんなを見守りながらお茶を飲んでのんびりしたい。

「人間、従魔、両方が自由に庭に出られるようにします！」

「わかった。なら、人間用のドアと、従魔用に小さくて簡単に開くドアを設置してもいいかもしれないな」

つまり猫扉のようなものか。

太一は親方の手をがしっと握り、「ぜひお願いします！」と熱いまなざしを向ける。

「そんなすごい考えがすぐに浮かぶなんて、天才ですね……!!」

「大袈裟《おおげさ》だぞ」

「いいえ……！　俺、まったく考えてなかったです。たしかに、従魔たちだって外に出たい気分のときもあるかもしれません」

従魔たちの出入りが自由で、庭が広い新しいもふもふカフェ。構想がどんどん浮かんできて、あれもこれもと欲張りたくなってしまう。

「壁には従魔たちが歩けるキャットウォークと……あ！　お客さんが荷物をしまっておける扉つきの棚もほしいですね」

「壁に板と、棚か……あとはあるか？」

「あとは……従魔たちが隠れられる場所が必要ですね。天井付近か、もしくは専用のドアで、隣の従魔専用の休憩室と自由に行き来できるようにしてほしいです」

太一のリクエストを聞きながら、親方は天井の壁を見ながらなにやらぶつぶつ呟《つぶや》く。どのような構造にするのが一番いいか考えているのだろう。

「……よし、最高のカフェを建ててやろう！」

「よろしくお願いします!!」


カフェの建設はお願いしたが、やることはたくさんある。

「よし、みんな集合～！」

太一が声をかけると、従魔たちがいっせいに集まった。

まずは、みんなに今後のもふもふカフェについて説明をする。

親方が新しく作ってくれているカフェが三ヶ月ほどで完成するので、今後は場所を移動するということ。

また、庭は自分たちで作るということ。

「もちろん、外が嫌なら今まで通りカフェ内で過ごしてもらって大丈夫」

『『み～っ』』

「ベリーラビットは室内が好きか」

外に出ず、のんびりしていたいのがベリーラビットだ。

外には自分たちを襲ってくる魔物がいるため、平和な室内を好んでいる。もふもふカフェ周辺は街の兵士が定期的に見回りをしているため、魔物はほとんどいないが、絶対にいないと言い切れるものではない。

『『みっ！』』

太一の足にすりよってその意思を伝えてきたので、とりあえず撫《な》でておいた。

（可愛い……）

反対に、外へ出たいのはケルベロスだ。

『外でいっぱい遊んじゃうぞ～！』

『これは新しいおもちゃをねだるチャンスじゃない……!?』

『みんなで遊びたいなぁ～！』

キラキラした瞳で、太一やほかの従魔のことを見ている。

それに反応したのは、フォレストキャットだ。ボールをくわえて、ケルベロスのところまでやってきた。

『わ、遊んでくれるの？』

『にゃ～』

『『『やったぁ～！』』』

（仲良しさんか……可愛い……）

うちの子たちがあまりにも可愛くて、見ているだけでお腹いっぱいで太一は天にも昇る気持ちになる。

「よーし、頑張って最高のカフェにするぞ〜！」

『『『おー！』』』

トントン♪　カンカン♪

リズミカルな音を聞きながら、今日も元気にもふもふカフェは営業中だ。

ヒメリは窓の外を見て、「は〜〜」と長く息をついた。

「これだけの土地をドドンと買って、さらに新しいカフェを建ててるなんて……展開が急すぎてついていけないよ……」

「あはは」

太一は笑いながら、ヒメリにホットココアを渡す。冬の寒い日といえば、甘くて温かいものが飲みたくなる。

もちろんインスタントだけれど。

「ありがと……ん、甘くて美味《おい》しい！」

ヒメリは一口飲んで、ぱっと表情を輝かせる。

「これすっごく美味しい!!」

「それはよかった」

「メニューに出さないの？」

「ん〜〜〜」

絶対人気になると言うヒメリに、太一は悩む。

あまりメニューが増えると、仕事が増えてしまって大変になる。そうなると、従魔のケアやお客さんへの対応も時間をあまりとれなくなってしまう。

(まあ、ドリンク増やす程度なら……って思うかもしれないけど)

太一の性格では、やることをどんどん積もらせ手が回らなくなるのだ。それはもう、会社員時代に身をもって体験している。

「仕事が増えるから、中途半端に増やすよりは少ないままでいいかなって」

「そっかぁ、残念」

ココアをプッシュしていたヒメリだが、簡単にあきらめてくれた。

(もっと食いついてくるかと思ったのに)

太一が不思議そうにヒメリを見ると、まるでわかってないと言ってため息をついた。

「あんまり考えてなさそうだけど、カフェを新しくしたら広くなるんだよね？」

「え？　うん」

「私とタイチの二人で、人手は足りるの？」

「…………あ」

まったく考えてなかったと、太一は頭を抱える。

「やっぱり……」

「いや、ごめん。もふもふのことしか考えてなかった……」

「そうだと思ったよ」

正直に言うと、もふもふたちは世話にほとんど手がかからない。

意思疎通ができるためご飯やトイレもろもろはスムーズだし、太一の言うことも素直に聞いてくれる。お風呂だって、ある程度は自分たちで入ってくれる。

(やることといったら、接客だもんなぁ)

開店前から並んでくれているお客さんもいるけれど、別に常時満員になったりしているわけではない。

余裕がある時間帯も多いくらいだ。

(メニューもインスタントがメインだから、手はかからないし……)

「あーでも、広くなったら掃除とかが大変になるのか」

新しいもふもふカフェは、二階建てでお願いしてある。

店舗部分と、倉庫や休憩室、広い厨房《ちゅうぼう》に、広大な庭……お手入れがかなり大変そうだと、今更ながらに土地を買いすぎたのではと焦る。

——どうしよう。

太一が頭を抱えると、『お掃除ならまかせてきゅぅ！』とハルルが肩に乗ってきた。

『前みたいに、掃除をお手伝いするきゅぅ〜！』

「ハルル、でも……大変だぞ？」

『大丈夫きゅぅ！　わたしも、タイチの力になりたいのきゅぅ』

ハルルがあまりにもいい子すぎて、思わず太一の目に涙が浮かぶ。

「ヒメリ、うちの子……最高！」

「私、言葉わからない……」

「あ、そうだった」

太一がハルルの言葉を伝えると、ヒメリは「すごい！」と手を叩《たた》いた。

「でも、考えてみたらそうだよね……従魔に手伝いをさせるテイマーって、多いんだよ。戦いから身を引いたら、ほとんどみんなそう」

「そういや、従魔で荷物の運搬をしてるテイマーもいるしな」

隣国で知り合ったアーツの従魔は、宿の手伝いをするいい子たちだった。猫が部屋の鍵を持ってきてくれたときの感動は、きっと一生忘れることはないだろう。

「人手不足なところを、みんなに手伝ってもらう……できるかな」

「できると思う！」

『わたし、頑張りますきゅぅ！』

なんだか希望が見えてきたぞ。

太一たちがそんなことを話していると、『なになに～!?』とケルベロスもやってきた。

「みんなに、掃除を手伝ってもらえたりできないかって話してたんだ。ハルルは、雑巾がけが上手なんだよ」

『お掃除って、いつもタイチとヒメリがしてるやつだよね？　ボクにもできるよ～！』

『分担すれば効率もよさそう！』

『みんなでやれば楽勝だよ～！』

ケルベロスもお手伝いをしてくれるようだ。張り切って、雑巾がけの真似をしたりしている。

（うちの子、いい子すぎでは？）

太一のうちの子可愛いがとまらない。

もふもふカフェは、まだまだ進化できそうだ。

その日の夜。

太一は喉が渇いて、目を覚ました。

「んぁ……れ？」

ふと、いつも一緒に寝ているルークとケルベロスがいないことに気づく。いったいどこに行ってしまったのだろう。

（下、かな？）

何か飲むついでに見てみようと、太一は二階の自室から一階へ降りた。そこで見たものは――

『わー、いらっしゃいませ～！』

『一名様ですか？』

『ご注文を承りまーす！』

一生懸命接客の練習をしているケルベロスだった。

ルークはビーズクッションに座って、その様子を見守っている。

（お手伝いの練習をしてくれてる……うちの子、最高すぎでは!?）

簡単な掃除を……と思っていたのに、接客までこなしてくれるなんて。天才だ。

さらに店の奥では、ウメがお皿やティーカップを頭の上に載せて、運ぶ練習をしている。

「邪魔するのはよくない、よな……」

太一は静かに水を飲み、部屋へと戻った。

明日からケルベロスが接客してくれることが、楽しみで仕方がない。

翌日になり、ケルベロスの言葉がわからずお客さんが頭にクエスチョンマークを浮かべていたとか、いないとか……。

閑話　お洒落なルーク

この世界に君臨する伝説と呼ぶべき種、それがフェンリルのルークである。長い時を生き、最強である彼に敵というものはない。

しかしそんなルークにも、悩みというものはあるのだ。

ルークが太一《たいち》の部屋でのんびりしていると、「気持ちよかった〜」とお風呂から上がった太一が戻ってきた。

「ただいま、ルーク」

『ああ、あ？』

「ん？」

てっきりおかえりの一言でももらえると思っていた太一だが、ぽかんとしているルークの顔に思わず笑ってしまう。

「なんか気になることでもあったのか？」

太一が問いかけると、ルークはビーズクッションから立ち上がり、すり寄ってきた。しかもなぜか、顔まわりの匂いを嗅いでいるようだ。

（え、本当にどうしたんだ？）

とってもとっても嬉《うれ》しいけれど、ルークは普段こういったことはほとんどしない。なので、太一は何かあったのかと気になったのだが――

『髪がサラサラで艶々してるぞ？』

「ああ、髪が気になってたのか。実は、お買い物スキルでシャンプーとコンディショナーを用意してもらったんだよね。ちょっといいやつにしたんだ」

なので太一の髪はサラサラでしっとりしている。

『なるほど……シャンプーか』

「ルーク？」

『いや、なんでもない……。オレはもう寝るから、タイチも寝ろ』

「はいはい。ケルベロス～寝るよ～！」

『『『はーい！』』』

太一が一階にいるケルベロスを呼ぶと、元気な返事があった。あとはゆっくり眠るだけだ。疲れていたこともあり、太一は一瞬で眠りの世界へ入った。

――深夜。

ルークは気配を消して、ゆっくりと起き上がった。太一とケルベロスは気持ちよさそうに眠っているため、ちょっとやそっとでは起きないだろう。

ルークは急いでお風呂場へ向かった。


『むむ、どれがシャンプーだ？』

誰にもばれずにお風呂へやってきたルークだったが、目的のものがどれかわからずに四苦八苦してしまっている。

『気高いオレのような戦士にこそ、あのように艶《つや》やかな毛並みが似合うというものだ』

ルークは普段あまりみせることがないほどのご機嫌っぷりで、見つけたシャンプーのボトルを器用に手でプシュプシュしてシャンプーを体に塗った。

『……む』

しかしすぐに、自分では上手《うま》く洗えないことに気づく。お風呂に入るときはいつも、太一がルークのことを洗ってくれていたからだ。

仕方がないので、床で転がってみる。これなら、毛同士がこすれて泡々になることができるかもしれない。

『むむむ……なかなか上手くいかないな』

四苦八苦しながら、おおよそ二〇分。

途中でシャンプーを追加プッシュしたりした結果、ルークの体は泡に包まれた。普段と違う高級な匂いを嗅いで、これで美しく気高いフェンリルになれるぞとドヤ顔になる。

『ふふん、オレも一人で風呂くらい入れるのだ！　次はトリートメントだったか』

ルークはいつも太一が使うのを見ていたので、シャワーのお湯を出すことができる。なんでもかんでも太一にやらせているルークだが、実はちゃんとできるのだ。やらないだけで。

シャワシャワシャワーっと泡を落として、今度はトリートメントのボトルをプッシュする。

『なんだこれは！　さっきのシャンプーと違ってぬめぬめするな……』

正直、あまりすきな感触ではない。

しかし毛艶の秘密かもしれないので、先ほどと同じように床で転がって全身にトリートメントを塗りたくる。気づけばボトルは空になっていた。

『ふむ……まあ、これくらいでいいだろう』

再びシャワーを使って洗い流していくと、毛が艶々していることに気づく。いつもはもふっとしているのだが、今はしっとりしていてとても上品だ。

『これはいいな！』

ルークはにまにましながら鏡を見て、風魔法を使って毛を乾かす。すると、鏡に映ったのは艶やかでイケメンのフェンリル――ルークだ。

戦闘などをしていたこともあり、毛の傷みがちょっと気になっていた。

というのも、フォレストキャットたちが日ごろから毛づくろいをしていて、美しい毛並みを持っていたからだ。

もふもふカフェのボスとして、毛並みの美しさも大切だ。きっと、フォレストキャットたちをはじめ、全員がうっとりした目で見つめてくること間違いなしだ。

『タイチなんか、感動で泣くかもしれないな！』

早く明日が来ればいいと、そう思いながらルークは部屋に戻って再び眠りについた。


そして、翌朝。

「ふああぁぁ、おはようルーク」

寝起きの太一がもふもふしながら抱きついてきた。

『あ、ああ』

ルークはドキドキしながら、美しくなった毛並みを褒めろと太一を見つめる。——が、太一は特に何も言わず洗面所へ行ってしまった。

『な、なんだと……』

気づいてもらえなかったことにルークが震えていると、目覚めたケルベロスが飛びついてきた。

『あれれれ、ルークってばいつもよりしっとり美しくない？』

『もしかして、この毛並み……何か秘密があるの？』

『いつものもふもふも気持ちいいけど、今日のもふもふはもっと気持ちいい〜！』

『お前たちじゃなーい！』

『『『わ〜〜っ』』』

ルークは体をぶんぶん振って、ケルベロスを振り落とす。気づいてほしかったのは太一であって、ケルベロスではない。

『ぐぬぬ、タイチは美的センスがなさすぎる！』

仕方がないので、ルークは太一が気づくまでずっと自分の毛並みを見せつけるように歩いてみせた。

6 ドングリの木

「ん〜〜、困った」

新もふもふカフェの建設が進んでいるなか、一つの問題に直面していた。

唸《うな》る太一《たいち》を、ヒメリが不思議そうな顔で見る。

「どうしたの？　タイチ」

「実はハルルが元気なくてさ。でも、頑《かたく》なに理由を教えてくれないんだ」

「ハルルが？」

ヒメリは窓辺でうとうとしているハルルを見て、首を傾《かし》げる。

「ご飯はちゃんと食べてたし、運動もしてた……かな？　今はお昼寝してるみたいだけど、病気って感じではなさそうだね」

「そうなんだよ」

念のため【ヒーリング】もしたので、怪我《けが》ということもない。

「もしかして、コログリ山が恋しいのかな」

「そっか、ずっと山で生活してきたんだもんね」

確かにもふもふカフェは快適で過ごしやすいけれど、ここには山っぽさや自然はほとんどない。

（植物を買ってきて飾るくらいならできるけど……）

やっつけ仕事のようで、それも微妙だ。

というか、それは自然というにはほど遠いわけで。

「でもハルルは女の子だし、男の俺には話しにくいのかもしれない……」

「う～ん……」

太一の言葉に、ヒメリも悩む。魔物たちがどんな風に考えているかはわからないが、確かに異性相手では話しにくいこともあるかもしれない。

すると、ウメが太一の肩に飛び乗ってきた。

『あちしが聞いてきてあげましょうか？』

「ウメ！　いいのか？」

『それくらい、お安いごようよ』

ウメは『にゃっ』と鳴くと、ハルルが昼寝している窓辺へ跳んだ。


『んぅ……ウメちゃん？』

『ごめんなさいね、寝てたのに』

ウメはハルルの頰《ほお》を舐《な》めて、毛づくろいをしてあげる。ハルルは山で暮らしていたときより、ずいぶんと毛艶がよくなった。

『ありがとうきゅぅ』

『女の子だから、綺麗《きれい》にしないとね』

『綺麗になったきゅぅ～』

ハルルが嬉《うれ》しそうに笑ったのを見て、ウメは本題を切り出す。

『最近、元気ないわね？』

『きゅぅ……』

ウメのストレートな言葉に、ハルルは困ったように耳を下げる。別に、何か不満があるわけではないのだ。

だから、太一やほかの従魔に心配をかけたくなかったのだけれど……。

『わたし、そんなに元気がなさそうに見えるきゅぅ？』

『ちょっとだけね。何かあったの？』

『……ここはいつでもあったかくて、美味《おい》しいご飯もあって、魔物に襲われることもなくて……嫌なことなんて、何一つないきゅぅ』

でも、望みがあるとすれば――

『コログリ山の、ドングリが食べたいきゅぅ』

『ドングリ？』

『きゅぅ。わたしたちは、コログリ山のドングリを食べて、それを少しだけ土に還《かえ》すんだきゅぅ』

『へぇ……習慣とか、そういうの？』

『きゅぅ』

ハルルは頷《うなず》き、だからドングリが恋しいのだと言う。

『あ！　でも、別に食べないといけないとか、そういうのじゃないきゅぅ』

だから気にしないでとも言う。

しかし、そんなことを聞いたらコログリ山のドングリを用意したくなるというものだ。

ウメがちらりと太一に視線を送ると、太一が高速で頷いていた。どうやら、ちゃっかり話を聞いていたようだ。

「習慣は大事だ！　よーし、ドングリを拾いに……いや、木を移植したほうがいいか？」

『タイチさん、そこまでしなくても大丈夫ですきゅぅ！』

太一を止めようとするハルルのもとに、今度はスノウがやってきた。

『タイチさん、ドングリの木、ボクに運ばせてほしいんだ！』

『スノウちゃん!?』

「おお、もちろん。スノウが一緒に行ってくれるなら、百人力だ」

どうにかしてルークに運んでもらわなければと思っていたが、スノウが運んでくれるならその手間が省ける。

スノウ自身も、食べ物を持ってきて一緒にいてくれたハルルの力になってあげたいのだろう。

ハルルはスノウの頭の上によじ登り、『ありがとうきゅぅ』とお礼を伝えている。仲睦《なかむつ》まじい姿が、とても可愛《かわい》らしい。

「それじゃあ、次の定休日あたりに行こうか」

『『はーい！』』

『きゅぅ〜』


そして次の定休日。

コログリ山にドングリの木を取りに行くため、太一たちは店の前で準備をしていた。

「おっはよー！　タイチ、馬車を借りてきたよ〜！」

「ヒメリ！　おはよう、助かるよ」

いつもであればルークに乗ってひとっ走り！　というところなのだが、今日はスノウやハルルも一緒に行くので、ヒメリに頼んで馬車を借りてきてもらった。

ちなみに、ヒメリも一緒だ。

御者をするヒメリを見ながら、太一は感心する。

「ヒメリはなんでもできるんだな、すごいなぁ冒険者って」

「え？　さすがにここからコログリ山までは無理だよ」

街からもふもふカフェまでの短距離を、ゆっくり進むくらいが限界だと笑う。

「え……」

「えって……もしかしてタイチ、御者は——」

「できない……」

「あー……」

なんということでしょう。

馬車があるのに、コログリ山まで行くことができないとは。

どうしようか悩んでいると、スノウが『ボクに任せて』と馬役を買って出てくれた。

『ボクだったら山までの道もわかるし、タイチの言う通りに走ることができるよ。持久力も力もあるからね！』

「おおぉぉ、すごいぞスノウ！　助かるよ、ありがとう」

「え？　スノウが馬車を引いてくれるの？　すごい、さすがテイマーだね！　馬は近くの木に結んでおく？」

ヒメリが馬車から馬を外し、どうしようと周囲を見回す。

さすがに一日がかりになってしまうので、馬を繋《つな》ぎっぱなしではかわいそうだ。

「うーん……」

太一が悩んでいると、ケルベロスが『遊ぼう～』とボールを持って馬のところへ行ってしまった。

（馬ってボールで遊ぶのか……？）

どうするのだろうと思って見ていたら、馬は前脚を使ってちょいちょいっとボールを蹴った。どうやら、ケルベロスと遊んでくれているようだ。

「おお、賢い……」

感心して見ていると、ヒメリが「違うよ」と言って笑う。

「あれは、馬がピノたちに敵《かな》わないと思って服従してるんだよ」

「あっ、そういう……」

ケルベロスVSただの馬。

どちらが勝つかなんて、明白だ。

「でも、それなら裏庭で待っていてって伝えておけば、待っててくれるかな」

幸い、裏庭には柵がある。

全力でジャンプをされたら超えられてしまうだろうけど、一度話をしてみるのはありかもしれない。

太一はケルベロスのところへ行き、今日の予定を説明した。馬にこのまま大人しく待っていてもらえるよう、ケルベロスに言ってもらいたい。

しかし、ちゃんとケルベロスの言葉を理解してくれるだろうか、馬だし……と太一が思っていたら、『お任せを！』と聞きなれない声が聞こえた。

『だったら、あっしたちはここで待ってますよ』

『ご飯と水があれば、のんびりしてます』

「馬が喋《しゃべ》った……！」

『『いやいやいやいや』』

そっちが馬の言葉を理解しているのだと、言われてしまった。

（動物とも話せるとは思わなかった……）

どうやら、自分は思っていた以上にやばいスキルを持っていたようだ。

（ヒメリには内緒にしておこう……）

ひとまず野菜や果物、水を用意して馬には待っていてもらうことにした。


「おおおぉ〜！」

「わあ、速い〜！」

馬車を引いて駆け出したスノウは、馬よりも速かった。

フラワーベアは温和な性格だが力持ちで、魔物という点を除けば頼りになる相棒だ。

御者席には太一が座り、ヒメリはほかの従魔と一緒に荷台部分に座っている。

太一の隣にはルークが座り、荷台にはハルル。ケルベロスは家でお留守番をしてくれている。

『へへ、役に立てて嬉しい！』

「スノウがこんなにすごいなんて、知らなかったよ。ありがとう！」

『これくらいなら、いつでもお手伝いするよ』

頼もしいスノウの言葉に、太一は頬が緩む。

新しいもふもふカフェが完成したら、引っ越し作業のとき力になってもらえそうだ。

『お、タイチ！　山の向こうあたりにドラゴンがいそうだぞ』

「ちょ！　駄目、だめ〜！　今はコログリ山に行くんだから、ご飯を狩ってる時間はないんだ」

『……………』

太一の言葉を聞き、ルークがジト目になる。

（というか、ドラゴンってそんなにいるもんなのか!?）

ルークは簡単に山向こうと言うけれど、どれくらい山の向こうかわからない。うっかりオッケーしてしまったら、一山どころか数山を越えてはるか遠くまで連れていかれてしまう危険がある。

それはよくない。

『だったら、おやつにドラゴンジャーキーを……』

「あ、明日の夜だったら一緒に行けそうだ！」

もうドラゴンジャーキーは完食してしまったため、手持ちにないのだ。

ドラゴン一頭から作ったので大量にあったはずなのに、いったい誰のお腹にいってしまったのだろうか。

まあ、大半はルークなのだが、ほかの従魔や太一もいっぱい食べた。

太一の言葉に、ルークは『それで手を打ってやろう』と鼻息を荒くした。

（俺の睡眠時間が〜〜！）

しばらくはゆっくり休めそうもないなと太一は肩を落とした。

スノウの引く馬車もとい熊車に揺られて数時間、コログリ山に到着した。

『そんなに長いあいだ離れてたわけじゃないのに、なんだか懐かしいきゅぅ』

『ここにはハルルの仲間がたくさんいるもんね』

『きゅぅ』

懐かしそうにコログリ山を見るハルルとスノウを、太一たちは少し離れたところから見守る。

「何を話してるかはわからないけど、山を懐かしんでるんだね」

いいねと、ヒメリが微笑《ほほえ》む。

「うん。ハルルとスノウがゆっくりしてる間に、俺たちはよさそうなドングリの木を見つけておこうか」

「そうだね。あんまり大きすぎても大変だから、成長しきってない小さいのがあるとちょうどいいんだけど……」

とはいえ、ドングリがなっていなければいけないので、難しい。

周囲にある木はどれも背が高く、持って帰るのは至難の業だ。

「う～ん。俺の背くらいのサイズの木があればちょうどいいんだけどなぁ」

なかなか都合よくはいかないようだ。

太一がキョロキョロしていると、『何してるんだきゅ？』と、大将が顔を出した。

『久しぶりだきゅ！』

「大将！　会えて嬉しいよ。今日は、カフェの庭にドングリの木を植えたくて来たんだ」

事のあらましを説明すると、大将は頷いた。

『なるほどきゅ。確かに、オレたちコログリスは食べかけのドングリを土に還す習性があるんだきゅ。落ち着くんだきゅ』

だからドングリの木を植えるのはとってもいいことだと、大将が言う。

『小さい木なら、ここからもう少し進んだ先にある川の上流にあったきゅ！』

「おお、教えてくれてありがとう」

『それくらい、お安いごようきゅ！』

大将はドヤ顔で胸を張って、『こっちきゅ！』と尻尾を振る。どうやら、道案内をしてくれるみたいだ。

「みんな、大将がいい感じのドングリの木まで案内してくれるって！」

「さすがはコログリスの大将、頼りになるね！」

『ありがとうきゅぅ』

『運ぶのは任せてよ！』

『それなら、とっとと行くぞ』

全員で、大将が案内してくれる獣道《けものみち》を進んでいく。

(これは、かなり……大変だぞぅ)

調査で来たときは、グリーズたちが先頭だったため、ある程度は道を均《なら》して歩きやすくしてくれていた。けれど今は、そんなことをしてくれる人はいない。

次第に太一の息があがっていく。

「はぁ、は……っ、川って、まだ遠い？」

『うーん、あと半分くらいだきゅ』

「ひえぇ」

あと少しで着くと思っていたのに、まったくそんなことはなかった。

(でも、俺より若いヒメリが頑張ってるんだ……!!)

あまり格好悪いところは見せられない。

どうにかして踏ん張って歩こう、そう思っていたら、隣にやってきたルークにくわえられ、そのままぽいっともふもふの背中に乗せられてしまった。

(天国だ……)

疲れた体にルークのもふもふが染み渡る。

『まったく、だらしがないぞ！』

「いや、歩けた、歩けたよ……!?　ありがたいけど!!」

ルークは太一の反論は聞かなかったことにして、さっさと歩き出してしまった。先ほどより、倍くらいのペースだろうか。

「ちょ、ルーク速いって！　もっとゆっくり！」

でなければ、ヒメリがついてこられない。

太一はそんな心配をしていたのだが、ヒメリを見ると涼しい顔でついてきている。どうやら、体力的にはまだまだ余裕のようだ。

（ヒメリすごい……）

もふもふカフェでアルバイトをしてくれているから忘れがちだが、彼女は冒険者だ。きっとこういった獣道を走りながら、魔物と戦うこともあるのだろう。

「うぅ、歩くの遅くてごめん……」

太一がしょんぼりして告げると、後ろを歩いていたヒメリが隣までやってきた。

「ふふっ、大丈夫だよ！　私は山の中も慣れてるから、へっちゃらなだけ。タイチはカフェの経営が上手だから、向き不向きの問題だよ」

体力以上にいいところがたくさんあるよと、ヒメリから温かい言葉をいただいた。天使だろうか。

「そんなこと言ってくれるの、ヒメリくらいだよ。ありがとう」

「大袈裟《おおげさ》だよ！　……あ、川が見えてきたよ」

ヒメリの言葉に、太一は視線を巡らせる。すると、水の流れる音が聞こえ、前方に川が流れているのが見えた。

目指しているドングリの木まで、あと少しだ。


川の水は勢いがあり、ときおり雪の塊も流れてきている。

その川沿いに上った先にドングリの木があった。

「おぉ、これが！」

『わあぁぁ、美味しそうきゅぅ～』

太一とハルルが目を輝かせながら眺めていると、大将が木の説明をしてくれた。

『この木は、食べかけて捨てたドングリから芽が出て大きくなったんだきゅ。まだそこまで大きくないけど、ほんのちょっとだけ魔力が含まれてるからたくさんドングリがなるきゅ』

「へぇ、それはすごい！」

まさに異世界の木、という感じだ。


コログリスの食べかけのドングリは、上手《うま》く発芽するとコログリ草か、ドングリの木になる。もちろん、何も生えてこないことのほうが多い。

コログリ草はとても貴重で、わずかな確率でしか生えてこない。ドングリの木はある程度の確率で生えてくるので、山の魔物や動物のご飯にもなっている。

どちらも、コログリスの力があって育っているちょっと不思議なドングリだ。


「でも、そんなすごい木をもらっちゃっていいの？」

ほかのコログリスだって、この木のドングリを食べるだろう。現に今だって、ほかのコログリスがドングリを食べている。

しかし大将は、『大丈夫きゅ！』と胸を張る。

『ドングリの木は、まだたくさんあるんだきゅ。でも、タイチのところには一本もないきゅ。だから、この木を持っていってほしいんだきゅ』

「大将……ありがとう、大切に育てるよ！」

『ありがとうきゅぅ』

ハルルもお礼を言って、ぺこりと頭を下げる。

そんなハルルを見て、大将はびしっと指をさした。

『別に、いいってことよ。お前は弱虫なんだから、いっぱいドングリを食べて大きくなれきゅ！』

『わ、わかったきゅぅ！』

ハルルが一生懸命に頷くと、大将は満足そうに笑った。


「……ということで、このドングリの木を持って帰って庭に植えます！」

「わー」

パチパチと、ヒメリが拍手をしてくれる。

「まずは根っこから抜いて、それを持っていかなきゃいけないんだけど、どうしたもんか……」

スキルの【創造（物理）】を使って、何か道具でも……と思ったが、スノウが『任せて！』と気合の入った声で応じた。

『ボクの体と、ドングリの木にロープを結んでほしいんだ。そうしたら、引っ張って引っこ抜くから！』

「ロープで引っ張るのか、わかった！」

太一は魔法の鞄《かばん》からロープを取り出して、スノウの体と木に巻きつける。これで、全員でスノウ側のロープを引っ張ればいけるかもしれない。

「よーし、俺も頑張るぞ！」

『うん！』

スノウがゆっくり歩き出したので、太一も一緒にロープを引っ張る。……が、さすがに根がしっかりしているので、ほとんど動かない。

（これはかなり大変だ……！）

「ルーク、手伝ってくれ！」

『至高のフェンリルであるオレ様に、不可能はない！』

ルークはドヤ顔でロープをくわえ、思いっきり引っ張った。

すると、力があまりにも強すぎたようで、ドングリの木がすぽんとあっけなく抜けて――太一たちはその反動で、宙に投げ出された。

「えっ!?」

予想していなかった展開に、太一は焦る。このままでは、冷たい川の中にまっさかさまだ……!!

「風よ、タイチたちを助けて！【ウィンド】!!」

川に落ちる――という寸前で、ヒメリの力強い声とともに、太一の体が宙に浮いた。ヒメリがスキルで助けてくれたようだ。

「ふお、びっくりしたあぁぁ！　ヒメリのスキルってすごいんだな、助かったよありがとう！」

「驚いたのはこっちだよ！　ルークってば、あんなに力があったんだね……」

ヒメリは冷や汗をかいたようで、手の甲で額を拭《ぬぐ》った。

無事にドングリの木を引っこ抜くことができたので、あとは担いで山を下りてもふもふカフェに帰るだけだ。

（とはいっても、それが一番大変そうだ……）

うーんと考えつつ、まずはいったん休憩かな……と、太一は苦笑する。さすがに、ここまで歩いてきたのでランチタイムが必要だ。

早起きしてサンドイッチを作ってきたので、それを取り出してヒメリに渡す。

「ありがとう！」

「簡単なものだけどね。それから、これ」

「ドングリ？」

太一はドングリをもいで、スキルを使う。

「このドングリを使って、【ご飯調理】っと！」

調味料や材料などは、ある程度は魔法の鞄に入っている。そのため、何かしらを作ることができるのは？　と、考えた。

猫の神様が授けてくれたテイマーのスキル、【ご飯調理】。

材料を揃《そろ》えた状態でスキルを使うと、魔物のご飯を作ることができる。

《調理するには、材料が足りません。『小麦粉』『グリマス』『ドングリの葉』があれば『コログリーフ包みパイ』が作れます》

ドングリから作れるメニューの詳細が、スキルによって判明する。

小麦粉は魔法の鞄に入っているし、ドングリの葉はすぐそこにあるものを採取すれば問題ないだろう。

しかしわからない材料が一つ。

「グリマスって、なんだ?」

聞いたことのない食材の名前に、太一は首を傾げる。この山で採取できるものならいいのだけれど……と。

すると、スノウが一歩前へ出た、

『それなら、ボクに任せて。得意なんだ!』

「お、それならスノウに任せようかな?」

どうやらスノウがグリマスの正体を知っているようで、調達の役目を買って出てくれた。

『いいところ見せなきゃ!』

そう言って気合を入れたスノウは、冷たい川の中へと飛び込んだ。

「えっ!?」

突然の行動に太一が慌てると、ヒメリが「大丈夫だよ」と告げた。

「グリマスっていうのは、ここの山にいる魚！　とっても美味しいんだけど、すばしっこくて獲《と》るのが大変なんだよ」

「へえぇぇ、魚だったのか」

そういえばニジマスと語感が似ているなとなんとなく思う。塩焼きにして食べるのもいいかもしれない。

太一がそんなことを考えていると、『うおおぉ～！』というスノウの声が聞こえてきた。

『ボク、グリマスを獲るのは得意なんだ！　えいっ!!』

スノウの掛け声とともに、艶《つや》やかな鈍色《にびいろ》の魚が岩の上へ打ち上げられた。ビチビチ跳ねていて威勢がいい。

「おぉ、すごい！」

さすがはクマの魔物だと、太一は拍手する。

太一も小さいころに、川に入って素手でニジマス獲りをしたことがあるが……結果はまあ、散々だった。一応名誉のために言っておくと、時間はかかったが獲ることはできた。

「スノウが上がってきたときのために、火の用意をしておくね」

ヒメリが風魔法で落ち葉と枯れ枝を集め、火魔法で焚火《たきび》を起こす。

「おお、ありがとうヒメリ。魔法が使えるって、いいよな～憧れる！」

「そう？　私からしたら、それだけいろんな魔物をテイムできるタイチのほうがすごいと思うし憧れるけどなぁ……。私ももふもふの従魔がほしい！」

「ヒメリもすっかりもふもふの虜《とりこ》だな」

太一が笑うと、ヒメリが「そうだよ～！」と頬を膨らませる。

「ベリーラビットも可愛いし、フォレストキャットの気まぐれに甘えてくるところなんてたまらないし、もちろんルークの艶やかな毛並みもぜひもふもふしてみたい……！」

ヒメリが手をわきわき動かしながらルークににじり寄ると、ルークはさっと太一の後ろへ移動した。

『小娘ごときにさわらせるわけがないだろう』

「ガーン、振られた！」

「あはは」

やはりルークをもふもふするというのは、遠い道のりのようだ。


数匹のグリマスが獲れたところで、太一はもう一度スキルを使ってみる。

「よーし、【ご飯調理】！」

すると、紙に包まれたコログリーフ包みパイが現れた。どうやら、ドングリ五個、ドングリの葉三枚、グリマス一匹で二つ作れるようだ。

ホカホカで温かく、すぐにでも食べたい衝動に駆られる。

『いい匂いだ!!』

すぐにルークがやってきたので、太一は『マテ！』と声をあげる。

「まずはグリマスを獲ってくれたスノウだよ」

『なに、それならオレだって魚くらい獲れたぞ!?』

そんなこと言ってなかったではないかと、ルークが頬を膨らませる。それを見たヒメリが笑って、

「スノウとルークにあげたら？」と言った。

「ルークに運んでもらったんだから、それくらいはサービスしなきゃ」

「それもそうか……」

『なんだ、たまにはいいことを言うじゃないか！』

ルークは尻尾をぶんぶん振って、太一の周りをくるくる回る。早くコログリーフ包みパイをという意思表示だろう。

「マテマテ。スノウが焚火にあたってからだって」

『ふ～頑張ったよ！』

「お疲れ、スノウ」

太一は鞄からタオルを出して、スノウの体を拭いていく。このまま放っておくと、寒さで凍ってしまうかもしれない。

（ドライヤーがあればよかったんだけど……あ）

以前、ヒメリが魔法でお風呂からあがった従魔たちを乾かしてくれたことを思い出す。電気のいらないドライヤーだ。

「ヒメリ、魔法で乾かしてもらってもいい？」

「もちろんだよ！　暖かい風だね、【ウィンド】！」

ヒメリが魔法を使うと、温風が勢いよく濡《ぬ》れたスノウを乾かしていく。あっという間に、ほかほかになってしまった。

「や〜やっぱりいいなぁ、魔法」

「ふふ、魔法使いもいいものですよ？」

「いやいやいや、でもやっぱりテイマーが最高だよ」

魔法使いになったら、もふもふカフェを続けられなくなってしまう。それなら、魔法を使えないほうがいい。

「まだまだ多くのもふもふと出会う予定だしね……！」

「これ以上増やすっていうのがもう、なんていうか……規格外だよね、ホント。でも、私ももふもふカフェの一員として楽しみにしてる！」

「うん。誰もが楽しめる、そんなカフェにしたいな」

目標は大きく、異世界一のもふもふカフェだ。

そしてあわよくば、もっと猫を増やしたい——とも、思っている太一だった。

「はい、スノウとルーク。コログリーフ包みパイだぞ」

『いい匂い！』

『美味《うま》そうだな！』

ヒメリの助言通り、最初に作ったコログリーフ包みパイはスノウとルークに食べてもらうことにした。二人とも尻尾が揺れているので、嬉しいのだろう。

まずはスノウが一口食べて、目を見開いた。

『ふわあぁぁぁっ、美味しい……っ！』

『んむ、美味い！　おかわりだ!!』

「ルークもう少し味わって……」

スノウは少しずつ食べているというのに、ルークは一口で食べてしまった。曰《いわ》く、あまりにも美味そうだったからすぐにでも食べたかったから……だとか。

そんな嬉しいことを言われたら、注意しようにもできない。

(でも、美味しそうに食べてもらえるのはいいよなぁ～)

『ハルルも食べてみて、すっごく美味しいよ！　ハッチの蜂蜜くらい美味しいんだ』

『ありがとう！　わあ、美味しいきゅぅ！　こんな美味しいドングリ、初めてきゅぅ！』

コログリーフ包みパイを分けてもらったハルルは喜び、太一を見て『すごいきゅぅ～！』と瞳をキラキラさせている。

「喜んでもらえてよかった。さてと、俺たちの分も【ご飯調理】！」

幸い材料はたくさんあったので、一〇個のコログリーフ包みパイができた。

「わーい、いっただっきま～す！」

「俺もいただきます！」

ヒメリと太一もパイにかぶりつき、舌鼓を打つ。

サクッとしたパイ生地に、中はドングリと魚がつまっていて、森の恵みの味がする。いくつでも食べられそうだ。

『んむ、美味いな！』

ルークもさっそくお替わりをして、夢中で食べている。

ハルルはスノウと並んで座り、小さな口を一生懸命モグモグさせながら食べているのがまた可愛い。

『すすごいきゅ、ドングリがこんなに美味しい料理になるなんて感動っきゅ～～！』

大将が高速で口をモグモグモグモグさせて、どんどんコログリーフ包みパイをお腹の中に収めていっている。

（今度はドングリで【おやつ調理】もしてみよう。何か美味しいお菓子ができるかもしれない）

太一たちはコログリーフ包みパイを堪能して、休憩を終えた。


——ということで。

「この木を持って山を下りたいと思いますが……」

さてどうしよう。

というところで、ルークが前へ出た。

『仕方ないから、オレが運んでやろう』

「おおおぉ、ルーク!! ありがとう、助かる!!」

ルークが、ドングリの木をひょいっと口でくわえた。軽々と持ち上げていて、やはりフェンリルともなると格が違うのだと思い知らされる。

（ルークがいてくれてよかった……）

「それじゃあ、山を下りよう！」

「おー！」

『です！』

『きゅぅ～！』

『きゅ！』

下りということもあって、気持ち的にはかなり楽だ。太一の疲れていた足取りも、今は比較的軽い。

あっという間に馬車を置いてあるところまで戻ってきた。

「んじゃ、荷台にドングリの木を載せて……あとは帰るだけか。スノウ、疲れはどうだ？」

さすがに街までは距離があるので、休んでからがいいかもしれない。太一はそう考えたのだが、スノウは『大丈夫だよ〜』と元気いっぱいのようだ。

『これくらいは、へっちゃらだよ！　美味しいご飯も食べたし、たくさん走れるよ』

「それは頼もしいな」

遅くなると帰りが夜になってしまうので、さっそく出発することにした。

しかし、大将とはここでお別れだ。

太一は鞄からうさぎクッキーを取り出し、大将に渡す。

「もっといいものをあげられたらよかったんだけど、これくらいしか持ってなくて」

『これ、美味しくて大好きだきゅ！　ありがとうきゅ!!』

大将がぱっと表情を輝かせ、太一を見た。そしてお腹のポケットからドングリを取り出して、プレゼントしてくれた。

「おお、ありがとう！」

『また遊びに来てほしいきゅ！』

「もちろん。また遊びに来るから、そのときはよろしくな」

『きゅ！』

太一は大将と熱い握手を交わし、コログリ山を後にした。

夕日が落ち始めたころ、太一たちはもふもふカフェへ戻ってきた。

『『おかえりなさ～い！』』

太一の帰宅に気づいたケルベロスが、まっさきに飛びついてきた。どうやら、裏庭で馬と一緒に遊んだりしていたようだ。

馬も『おかえり』と太一に声をかけてくれた。

「ただいま、みんな。無事にドングリの木を手に入れたよ」

『わ～おっきいね！』

『なかなかいい感じ』

『さっそく植えようよ～！』

荷台に積んであるドングリの木を見て、ケルベロスがテンションを上げる。匂いを嗅いだり、葉にさわってじゃれたりしている。

「タイチ、私は先に馬車を返してきちゃうね」

「あ、そうか……手分けしてやらないと、夜になっちゃうか。申し訳ないけど、お願いしていいかな」

「もちろん。返却したら、すぐ戻ってくるね」

「ありがとう」

返却に向かったヒメリを見送り、太一はどこにドングリの木を植えるのがいいだろうかと考える。

しかし、決めるより先にケルベロスが地面を掘り始めている。

『ここがいいんじゃないかな〜!?』

『よっせよっせ、これくらい掘ればいいんじゃないかな!?』

『いい感じかも〜!』

あっという間に、ドングリの木を植えるための穴が完成してしまった。

『さすがです……』

『すごいきゅぅ……』

スノウとハルルが、ケルベロスの手際のよさに感動している。

ケルベロスが穴を掘ったのは、新しくもふもふカフェを建てているすぐ近くだ。ちょうどテラス席でも作ろうかと思っていた場所の中央だろうか。

位置が悪いかもと思ったが、テラス席のシンボルになってよさそうだ。

「ルーク、ドングリの木をここに植えられるか?」

『それくらい、オレにかかれば一瞬だ!』

ルークはドヤ顔で応じて、ドングリの木を穴に植えてくれた。口でくわえてさしただけだけれど、器用なものだ。

すぐにケルベロスが土をかけて、もふもふカフェにドングリの木が植わった。

『わあ、わあぁ〜! すごいきゅぅ〜!』

ハルルがドングリの木に登り、なっているドングリをもいだ。そのままお腹のポケットに入れて、降りてくる。

そしてぺこりと頭を下げた。

『素敵なドングリの木を、ありがとうきゅぅ〜』

「どういたしまして」

ドングリの木も増え、新しいもふもふカフェはきっと楽しくなるだろうと太一は思った。

閑話　コログリ山の思い出

太一《たいち》がコログリスたちと出会う前、コログリ山は今と変わらず穏やかな山だった。とはいえ、まったく事件が起きないというわけではない。

コログリスをはじめ、この山には多くの種類の魔物が住んでいるし、冬は厳しい寒さが襲う。


『こら、弱虫！　そんなんじゃ、凶悪な魔物が襲ってきたとき逃げられないきゅ！』

『はぁっ、は、きゅうぅ……そんなこと言われても、もう、きゅ、限界だきゅぅ～』

朝もやのただようコログリ山では、コログリスの大将の大音量の声が響く。その視線の先にいるのは、弱虫と呼ばれるコログリスことハルルだ。

ハルルは走りに走って、疲れ果てて力尽き、ぱたりと地面に倒れてしまった。早朝からずっと走り込みをしていて、もうくたくただ。

そんなハルルを見て、大将はため息をつく、

『弱虫、しっかりしろきゅ！　お前はほかのコログリスよりも小さいから、その分ちゃんと体力をつけろきゅ!!』

大将は体の小さいハルルのことが心配なようで、こうして訓練に付き合っている――もとい、ハルルの訓練をしているのだ。

しかし当のハルル本人は、疲れ果てて涙目になっている。

そんな訓練は何日間も続き、ついにハルルが泣いて逃げてしまった。

『もう嫌きゅぅ～～っ！』

『弱虫!?』

大将は慌ててハルルの後を追いかけようとするが、細い道に逃げ込まれて見失ってしまった。

『……きゅ』

せっかく善意で鍛えてやっていたのにと、大将は拳を握りしめる。もし、魔物に襲われたら……体の小さなハルルでは逃げ切ることは難しい。

『どうしてわからないんだきゅ！』

大将はしょんぼりして、自分の巣穴へと戻った。

🐾 🐾 🐾 🐾

それから数か月後――コログリ山にウルフの亜種が現れた。通常のウルフよりも強く、コログリスなんて捕まったら一口で食べられてしまうだろう。
ウルフの亜種に気づいた大将は、すぐコログリスたちへ逃げるように指示を出す。しかし、逃げ損ねてしまったコログリスが一匹――ハルルだ。

『ウルフの亜種きゅぅ!?』

捕まってしまったら、その場で死んでしまう！　ハルルは慌てて逃げるけれど、転んで足をくじいてしまう。

『……っ！』

これでは、とてもではないがウルフの亜種からなんて逃げることはできない。

『我儘《わがまま》なんて言わないで、もっと走る練習をしておけばよかったきゅぅ……』

ハルルは迫りくるウルフの亜種をその瞳に映し――走馬灯を見た気がした。


ふとハルルが目を覚ますと、暖かいもふもふに包まれていた。確か自分はウルフの亜種に襲われ、殺されそうになって――

『フラワーベアを追いかけたんだったきゅ！』

『大丈夫？』

『きゅぅっ!?』

突然声をかけられて、ハルルは心臓が飛び出そうになるほど驚いた。声の主は、ハルルのことをウルフの亜種から守ってくれたフラワーベアだった。

『よかった、目が覚めて。足をくじいてるみたいで、ちょっと熱っぽかったんだよ』

『そうだったのきゅぅ？』

足を見ると、薬草が巻きつけてある。心配したフラワーベア――スノウが、手当てをしてくれたようだ。しかもよくよく見ると、スノウが自分のもふもふでハルルのことを包み込んでいる。

寒さで熱が悪化しないようにと、必死で看病していたのだということが伝わってくる。ウルフの亜種から助けてもらっただけではなく、こんなことまでしてくれるなんて。

『ありがとうきゅぅ！　感謝してもしきれないきゅぅ』

『気にしないで。君が元気になってくれてよかった』

スノウはそう言って、優しい笑みを浮かべた。


それから、ハルルとスノウはとても仲良くなった。

二匹はそのうち、スノウが寝床にしている山頂付近の洞窟で一緒に暮らし始めた。

一緒にドングリや果物を採取して、スノウはグリマスを獲《と》った。一緒に食べるご飯はとても美味《おい》しくて、いつまでもこの時間が続けばいいいと思う。

とある雨の日、ハルルは晴れの日に集めたドングリをせっせせっせと仕分けしていた。その様子をフラワーベアが不思議そうに見ている。

『コログリス、何をしてるの？』

『美味しいドングリを探してるのきゅぅ』

『え、そんなことがわかるの？』

見ただけで？　と、スノウは興味津々でハルルのことを見る。自分はそんな特技を持っていないので、簡単にドングリを仕分けてしまうハルルはすごいと瞳を輝かせた。

『……わたしは、走ったり、戦ったり、そういうのが苦手だきゅぅ。だけどその分、ドングリを選別するのは得意なんだきゅぅ！』

『すごい！』

『きゅきゅぅ』

スノウに尊敬の眼差《まなざ》しを向けられて、ハルルは照れる。

ほかのコログリスたちは、この選別作業があまり上手《うま》くなかった。ゆえに、食べられるならそれでいいというコログリスも一定数いた。

しかしハルルとしては、美味しいご飯が食べたいのだ。というのが建前の理由で、本当は体の成長にいいドングリがあればいいな……というわずかな希望も理由に含まれている。

ハルルは選別し終わったドングリを一つ手に取り、スノウの口元へ持っていく。

『あーんきゅぅ。とっても美味しいきゅぅ』

『あーんっ』

スノウが口を開けたのを見て、ハルルはドングリをスノウの口へ。すると、すぐに大きく目を見開いて『美味しい』と喜んだ。

『すごい、ボクがいつも食べてたドングリは……美味しくないやつだったのかもしれない』

どこか遠い目のスノウに、ハルルは苦笑する。

『ドングリの選別はとっても難しいんだきゅぅ。でも、これからはあなたのドングリはわたしが選んであげるきゅぅ！』

『本当？　すっごく嬉《うれ》しい、ありがとう！』

スノウは尻尾のお花をふりふりさせて、喜びを体全部で表現する。これからは、とっても楽しい毎日が続きそうだ。


――しかしそんなハルルとスノウに、重大事件が起きてしまった。

そう、冬がやってきたのだ。

『どうしよう……冬眠したら、コログリスを守ってあげられなくなっちゃう』

今まで、魔物が出てきた場合はスノウが戦っていたが、冬眠が始まったらそんなことはできなくなってしまう。小さなハルルは、魔物にとって格好の的になるだろう。

スノウは頭の中で、何度も何度も『心配』という言葉を繰り返す。また、ウルフの亜種が出てきてしまったら？

冬眠から目が覚めて、隣にハルルがいなかったら……とても怖い。

『フラワーベア、どうしたんだきゅぅ？』

何やら落ち込んでいる気配を察知したハルルが、スノウの体によじ登る。そして頭に頬《ほお》をこすりつけて、『大丈夫きゅぅ？』と問いかける。

本当はハルルに余計な心配をかけさせてしまうから、黙っていようと思ったスノウ。が、心配してくれるのだから、相談するのがいいだろう。

『実は、そろそろ冬眠の時期なんだ』

『――！　そうでしたきゅぅ！　フラワーベアは、冬眠をするんだったきゅぅ』

ハルルはすっかり失念していたと、あわあわしている。冬眠するためにはたくさんのご飯が必要なので、すぐに集めなければ、と。

しかしスノウは首を振り、自分の考えを口にした。

『また、ウルフの亜種みたいなのが出てくるかもしれないし、コログリスのことが心配だから……冬眠するのはやめようと思うんだ』

『きゅぅぅ!?』

思いもよらないフラワーベアの言葉に驚くも、ハルルは冷静にフラワーベアのことを考える。フラワーベアは、生涯のパートナーであるハチのハッチを失ってしまうという経験をしていた。ゆえに、ハルルのことも失ってしまうのではないかと、怖いのだろう。

ハルルは戸惑いつつも、一つの決意をした。

『それなら、冬眠をするはずだった期間中のご飯はまかせるきゅぅ～！』

スノウのために美味しいドングリや木の実を採ってきてあげるのだと、ハルルはとびきりの笑顔を見せた。

7 新しいもふもふカフェ

『タイチ〜、ここの柵はこれでいい？』

「バッチリだ！　ありがとう、スノウ」

『えへへ〜』

もふもふカフェが完成に近づいてきたので、太一《たいち》たちは庭の部分を自分たちの手で作っていた。

とはいっても、柵などの大まかな部分をみんなで立てて、細かい部分は太一の【創造（物理）】で調整をしていくスタイルだ。

テラス席のテーブルや椅子も作ったので、もふもふカフェはだいぶ広くなっただろう。

テーブルは中央にカフェのロゴマークが入っており、椅子の背もたれ部分は木でロゴマークを使ったデザインになっている。

しかしカフェテラスができたといっても、すぐに需要があるかどうかはわからない。くわえて、天気の悪い日は使うことができない。

「そこまで外に出る子がいないかもだしなぁ……」

ケルベロスあたりは外で走り回りそうだから、ボール投げて遊んでくれるお客さんがいたらいいなと思う。

あとは、純粋にもふもふを増やしたらいいいと考えている太一だったりする。

（今思うと、フォレストキャット一〇匹はかなり少なかったんじゃないか？）

後悔してももう遅いが、もともとは猫カフェをしたいと思っていた。だったら、あと群れの二つくらいはテイミングしてきてもよかっただろう。

次に猫に似た魔物の情報があったら、遠慮しないことにしよう、そうしよう。

作業をしていると、ときおり常連さんたちが差し入れを持ってきてくれる。今日も、隣街へ行く商人が道すがらクッキーをたくさん持ってきてくれた。

おやつとして、みんなで美味《おい》しくいただいた。

ルーク推しの女の子は、牛のジャーキーを差し入れしてくれた。新しいカフェが完成したら、頑張って貯金するのでおやつのジャーキーを買います！　と宣言まで。

改めて、人の優しさにじんとする。

（だけど、ルークが懐《なつ》く未来は……あんまり見えない）

それは申し訳ないが、太一にはどうしようもできないのだ。

太一があとは何をすればいいかと考えていたら、「完成だ！」という親方の声が聞こえてきた。

振り返ると、新もふもふカフェの前に、親方と弟子が立っていた。

通り沿いに面した場所は玄関スペースで、ちょっとした広場のようになっている。

レンガ造りの建物に、赤い色の屋根。植物が多く飾られていて、落ち着いた雰囲気の中でくつろぐことができそうなカフェだ。

出入り口には低めの階段があり、その先に深緑色のドアがある。

玄関の横には、太一のリクエストした大きな窓があり、中を覗《のぞ》き見ることができる。

もふもふカフェにおいて、中の様子が見られるということはとても大切なことだ。この世界に馴《な》染《じ》みがない形態のお店なので、初めての人にはどうしても敷居が高い。そのため、店内ののんびり楽しいところを外から見てもらい、入りやすい雰囲気を作っている。

大きく『もふもふカフェ』と書かれた看板は、もふもふたちのシルエット入りだ。


「どうっすか!?　かなりいい出来っすよ～！」

「つたく、落ち着かねぇかお前は！」

弟子が「この花は俺のチョイスっす！」などポイントを説明する横で、親方はやれやれとため息をついている。

「ありがとうございます、いざ自分のカフェが建つと、なんだか感慨深いものがありますね……」

じ～んときて、思わず涙ぐみそうになってしまう。

(社畜だった俺が、一軒家のカフェを建てるなんて)

感動している太一を見て、親方も嬉《うれ》しそうだ。

「ひとまずこれで終わりだ。中の細かいところは、自分たちで調整するっていう話だったな？」

「そうです。実際に使ってみて、従魔たちの意見を反映させていきたいんです」

だからいきなり全部完璧に仕上がった状態で！　というのは、想定していない。

（それに、こうでも言っておかないと【創造（物理）】が使いづらいもんな）

外観こそこの世界に合わせたカフェだが、内部はスキルを使って現代日本のような便利さも取り入れる予定だ。

その筆頭は、おそらくお風呂だろう。

（この世界は、お風呂が普及してないんだよな……）

お金持ちや貴族など、持っているのは一部の人間だけだ。水の確保や、お湯を沸かす過程など、難しい部分が多いのだろう。

みんながみんな魔法スキルを使えたら別かもしれないが、そうもいかない。

ということで、もふもふカフェはガンガン改装していく予定だ。

太一は完成したもふもふカフェを見て、大きく深呼吸をする。

この世界に初めて飛ばされ、そこが森の中だったときはもう駄目かと思ったけれど——ここまで大きなもふもふカフェを手に入れることができた。

「本当にありがとうございます、立派なカフェを建てていただいて……！」

「いいってことよ。これが俺たちの仕事だからなぁ！」

「営業を開始したら、遊びに来るっす！」

「ええ！　お待ちしています!!」

親方と弟子を見送った太一は、さっそく新もふもふカフェに入った。

新しい木材の香りに、窓から入る暖かい陽ざし。まだ店内はガランとしているけれど、目を閉じると、ここでみんなと過ごす時間を想像することができる。

「はぁ……素晴らしい」

これから自分のもふもふカフェを作れるとなると、ドキドキが止まらない。

太一は壁際まで歩いていくと、手で触れてにんまり笑う。

今からここに【創造（物理）】でキャットウォークを作ったりするので、それが楽しみで楽しみで仕方がないのだ。

せっかくなので、おしゃれなキャットウォークを作りたい。ガラスで作ったキャットウォークなら、フォレストキャットたちが歩く姿を下から見て肉球を堪能できるし、吊《つ》り橋を作れば楽しく渡ってくれるかもしれない。

「よーしっ！　キャットウォークを【創造（物理）】」

太一がスキルを使うと、何もなかった壁にキャットウォークが出現する。ついでに天井付近の壁には猫ドアをつけて、もふもふたちが行き来できるようにしてあげる。

「まさに理想！　これこそもふもふと住む家って感じだなぁ」

その後、店内の中央にキャットタワーを作り、ひとまず新もふもふカフェが完成した。


もふもふカフェが完成したので、ここから先は簡単な引っ越しタイムだ。

もともとのカフェは太一が自宅として使うので、看板などを外し、厨房《ちゅうぼう》にある道具などを運べば終わりだ。

旧もふもふカフェは、店内はテーブルの数を減らして、リビングとしてみんなでくつろげる空間にする。店舗として使っていたこともあり、かなり広い。

がらんとしてしまった店内が少し寂しいけれど、その分はコタツを用意したり、みんなのお昼寝用のベッドを用意するのもいいだろう。


そして、新もふもふカフェはというと……。

内装に関しては、大まかに太一が【創造（物理）】で作っておいた。

特に力を入れたのは、厨房だ。

お洒落《しゃれ》なアイランドキッチンにして、作業スペースをかなり広く作っている。これなら、お菓子なども一度にいくつも用意することができるだろう。

さらに、窯を作りピザを焼けるようにした。

大きいものではなく小さなものなら、二枚のピザを同時に焼くことができる。とはいっても、一から手作りするわけではなく、購入したピザを焼くだけのスタイルだ。

それでも、焼き立てのピザを食べられるというのはテンションが上がる。生地はカリカリ、とろけたチーズ……想像しただけでもたまらない。

それから、もともとあったコーヒーメーカー。

これは今まで通りなのだが、思うところがあっていろいろ試行錯誤した結果、電子レンジなども設置することができてしまった。

電気のないこの世界で電力はいったいどうなっているんだ？　というツッコミが各所からくるかもしれないが、それはお風呂に水道が設置された時点でもわかりきっていたことなので割愛。

（なんでもありで驚くけど、正直かなり助かる）

我ながらやりすぎてしまっただろうか……と、太一が思っていると、店内で作業をしていたヒメリがやってきた。

「タイチ、こっちはほとんど終わって――って、何この不思議な厨房は!?　見たことのないものがたくさんあるんだけど!?」

「あっこれはそう、俺の故郷から持ってきたやつで、こっちでは珍しいんだ……！」

太一がお風呂のときと同じような説明をすると、ヒメリはため息をついてあきれ顔になる。もう、太一が規格外だということは承知しているといった顔だ。

「わかった、わかったよ。私はもう驚かないから！　使い方を教えて」

「お、おお。使い方は、すごく簡単なんだ」

時間を決めて温めのボタンを押すだけだ。

ただ、ヒメリには温めの時間がどれくらい必要かなどの判断が難しいだろう。しばらくは、目安時間を紙に書いて横に置いておくのがいいだろう。

オーブンだと細かいことはわからないので、シンプル設計のレンジを用意した。ついでに、横にはトースターもある。

実際に、水をレンチンしてお湯にしてみせた。

「なるほどなるほど、魔道具……？　かな？　とりあえず使い方はわかったから、大丈夫！　メニューもそんなにないもんね」

「うん。何かあれば、その都度聞いてくれたらいいよ」

「わかったわ」

メニューもおいおいは増やしたいところだが、今すぐ何かをするつもりはない。

それから準備をすすめ、新装もふもふカフェが完成した。


カラランとドアベルの音がして、新もふもふカフェにお客さん第一号がやってきた。

グリーズ、ニーナ、アルルの三人だ。両手いっぱいの花束を持ってきてくれて、プレゼントしてくれた。

「新装開店おめでとう！」

「こんにちは〜！」

「なかなかいい造りね」

「ありがとう、三人とも！」

新しいもふもふカフェになったといっても、システムなどは今までと変わらない。店内にカウンターがあり、そこで飲み物などを注文するようになっている。

三人はそれぞれカフェラテと紅茶を頼んで、席へついた。

「それにしても、広くなったなぁ」

「これなら、たくさんもふもふを増やせるね。タイチのことだから、あっという間に増えると思うけど……」

キョロキョロしているグリーズに、ワクワクしているニーナ。おそらく、ニーナの言葉はそのうち現実になるのだろうと、アルルは苦笑している。

「あら？　あそこの扉は何かしら」

「「ん？」」

アルルが見つけたドアは、カフェの出入り口の玄関とは別のものだ。

すぐにグリーズが立ち上がって、ドアを開く。すると、眼前に広がるのは広いもふもふカフェの庭と、カフェテラスだ。

背の低い木々にはハンモックをつるし、のんびりした時間を過ごすことができる。

カフェテラスの中央にはドングリの木があり、枝ではハルルがうとうと昼寝をしている。木の根元では、スノウが丸まって同じように昼寝をしていた。

「うおぉ、こりゃすげぇ！」

グリーズが感嘆の声をあげると、ボールをくわえたケルベロスが走ってきた。

『あ〜！　お客さんだ！』

『いつもの人だ！』

『遊んで遊んで〜！』

「うおっ、なんだ、もしかして俺に遊んでほしいのか？」

ボールをくわえて尻尾を振るケルベロスに、グリーズはデレデレだ。「仕方ないな〜」なんて鼻の下をのばしながら、ボールを遠くへ投げる。

すると、ケルベロスがぐっと大地を蹴り一瞬でボールのもとまで駆けた。

「うおっ！　す、すげぇスピードだ!!」

あまりの速さに、グリーズの心臓がバクバクと音を立てる。

もし冒険者として対峙《たいじ》していたら、きっと一瞬でやられていただろう……なんて考えが脳裏をよぎった。

「もふもふカフェ、改めて恐ろしいところだ……」

『『もう一回～！』』

しかしすぐにケルベロスがボールをくわえて戻ってきたので、再びボール投げをすることになった。


ニーナは、ハンモックに寝転んだ。

「うわぁ、このハンモックすっごく寝心地いい！　野宿のときに使いたいなぁ」

「確かによさそうだけど、荷物がかさばるわよ？」

「う、そうなんだよね……魔法の鞄《かばん》でもあったらいいんだけど」

「わたくしたちのパーティじゃ、魔法の鞄を手に入れるのは無理よ。買ったらいくらするか……」

とてもじゃないが、お金が足りないとアルルは肩をすくめる。

「それはわかってるけど、さっ！　憧れるくらいはいいじゃんね～～！　はー、気持ちい……寝られる……」

「まったく……」

うとうとし始めたニーナを見て、アルルは苦笑する。まあ、今日は新もふもふカフェオープンのお祝いで来たので、この後は何も予定は入れていない。

ケルベロスと遊ぶグリーズと、すやすや寝始めてしまったニーナを横目で見ながら、アルルは店内へ戻ってきた。

すると、『みっ』と一匹のベリーラビットがアルルの足にすり寄ってきた。こげ茶色のベリーラビットで、名前はチョコ。アルルのお気に入りの子だ。

「わたくしのこと、覚えてくれたのね」

アルルはチョコの頭をなでなでして、ソファへ腰かける。すると、チョコはアルルの膝にのってきた。

「……っ！」

『み～』

もっと撫《な》でてと言わんばかりに、チョコが頭をアルルの腕にこすりつけてくる。その様子がとても可愛《かわい》くて、愛《いと》しくて、冷静なアルルも頬《ほお》が緩んでしまう。

「ちょ、ちょっとだけよ……！」

『みう～っ』

アルルがチョコを撫でると、嬉しそうに目を細めた。

「まったく……甘えん坊ね」

仕方がないと、アルルはチョコを撫で続けるのだった。


「新もふもふカフェオープンっていろんな人に伝えたから、さすがに今日はお客さんが多いね」

「だね。ヒメリ、店内は大丈夫？」

「問題なし！　みんな、のんびり過ごしてくれてるよ」

従魔も、お客さんも。

グリーズたちもそれぞれ自由な時間を楽しそうに過ごしている。

シャルティィやソフィア、親方や弟子、商人などたくさんの人が来てくれている。それぞれお祝いの品を持ってきてくれたので、太一は挨拶しっぱなしだ。

「みんな、楽しそうだなぁ」

「ヒメリ？」

「私ね、もふもふカフェが……みんなが大好き！　一緒に仕事ができて幸せ。お客さんじゃ、みんなをお風呂に入れたり、ご飯を用意したり、そういうことはできないもんね」

最初は大変だったけれど、今はもふもふたちのお世話がとても楽しいのだとヒメリは微笑《ほほえ》む。

「そうだな。俺も最初、動物の世話もろくにしたことがなかったから、ちょっと心配だったんだ。でも、俺が想像してた以上に、みんながしっかりしてたんだよな」

世話が大変かと思ったけれど、そんなことはまったくなかった。

トイレも間違えないし、お風呂も入ってくれるし、ご飯も自分の分を食べてくれるし、何より会話ができる。

「みんなといると、楽しいし、幸せだ」

「……うん」

太一の言葉に、ヒメリも頷《うなず》く。

「私、こうして太一と一緒にもふもふカフェで働けてよかったたし、これからもずっと一緒にいたいと思ってるんだよ」

「それって……」

ヒメリの言葉に、太一はドキリとする。

（まさか、そんなにちゃんと考えてくれてたなんて）

もともとヒメリは、太一が隣国へフォレストキャットをテイミングに行く期間だけのアルバイトだった。しかし、もふもふカフェを気に入ってくれて、今もこうして手伝ってくれている。

この世界の常識にうとい太一のことを気遣い、いろいろなことも面倒くさがらずに教えてくれて、とても優しいし、頼りになる。

ヒメリにもふもふカフェを辞められたら、きっと大慌てだろうなと太一は思う。

太一は「わかった」と頷き、じっとヒメリを見つめる。

「タイチ……」

決意したような太一の瞳を見て、ヒメリはドキリとする。自分からずっと一緒にいたいなんて告白、はしたなかったかもしれないと不安になっていた気持ちが、軽くなる。

ヒメリが満面の笑みを浮かべると、太一が答えを口にした。

「もふもふカフェの正社員になりたいんだな。ヒメリなら大歓迎だ！」

「へ？」

「でも、俺もこの世界の商売については詳しくなくて……調べてみるから、ちょっとだけ準備期間をもらえると嬉しい。もちろん、福利厚生も満足いくものを――って、ヒメリ？」

目の前のヒメリが大きなため息をついたのを見て、太一は焦る。準備期間なんて待ってられないから、今すぐ正社員雇用をしてほしいのだろうか。

太一があわあわしていると、ヒメリが頬を膨らませた。

「違うもん！」

「えっ!?　違うって、何が!?」

本気でわかっていない太一に、ヒメリは泣きたくなる。もふもふ愛が強いことは知っていたけれど、まさかここまで恋愛ごとにうといなんて……と。

「嘘《うそ》、なんでもない」

「ヒメリさん……？」

思わず敬称をつけて名前を呼んでしまうほど、太一はうろたえる。

「………」

ヒメリは太一をじっと見つめ、仕方がないなと笑う。

「なんでもないよーだ！　これからももふもふカフェの一員として、よろしくお願いします！」

「――っ！　うん、よろしく。ヒメリがいたら百人力だ」

今はその嬉しそうな笑顔で勘弁してあげようと、ヒメリは肩をすくめた。


「きっと、これからもっと忙しくなるんだろうなぁ」

「タイチのことだから、もふもふの魔物がいるって知ったら飛んでいっちゃうんでしょ」

「……否定はできない」

フォレストキャットを見つけたときも、飄々《ひょうひょう》と隣国まで行ってしまったからな……。もし世界の裏側に、新たな猫型の魔物がいると言われたら、きっとすぐにでも出発するだろう。

（ここまでくると自分の猫好きが怖い……）

と言いつつも、今は従魔みんなが大好きだ。

猫に特別な思い入れはあるけれど、従魔たちの誰かを特別扱いしたりすることはない。はずだ……たぶん。

（でも、ルークは最初の相棒だし、ご飯とか結構いいものをあげてる……？）

いやしかし、ルークのすごい食材はルーク自身が狩ってきているので、特別に用意しているというわけではない。

太一がルークのことでうんうん考え始めると、ちょうどルークが姿を見せた。

『タイチ、ドラゴンジャーキーが食べたいぞ！』

「はいはい」

ついこの前、ルークと一緒に散歩もといドラゴン狩りに行ってきたので、ドラゴンジャーキーはたくさんあるのだ。

ルークに渡すと、嬉しそうにかぶりついた。

「ヒメリも食べる？」

そう言いながら、太一も食べる。

ちょっと硬いけれど、一度食べたらやみつきになって止まらなくなってしまうのだ。

「食べる～！　美味しい～！」

『美味《うま》い！』

太一たちがドラゴンジャーキーを食べ始めた匂いにつられて、ほかの従魔たちも顔を出した。

『『あ、ずるい～！』』

「わ、大丈夫みんなの分もあるから！」

太一は苦笑しつつ、全員にドラゴンジャーキーを渡す。せっかくの新装開店なので、お客さんにもサービスだ。

やっぱり、みんなで食べると美味しい。

もふもふカフェは、今日も楽しく営業中です。

閑話　恋愛のしかた

もふもふカフェの朝は、もふもふ従魔の健康チェックから始まる。
ご飯はちゃんと食べているか、排泄《はいせつ》に問題はないか。魔物によっては、心配をかけてしまうから
と、黙っている場合もあるのでちゃんと見なければ大変なことになる。
もしかしたら、仕事の中で一番緊張する瞬間かもしれない。
ヒメリは朝の準備を一通り終えて、コーヒーメーカーでカフェラテを用意する。自分の分と、太《た》
一《いち》の分だ。
実は、開店するまでのちょっとの空き時間に、こうして太一と二人でのんびりするのがお気に入
り。
「タイチ、カフェラテだよ～」
「お、ありがとうヒメリ」
太一はフォレストキャットたちのブラッシングをしているところだったようで、中断してこちら
にやってきた。
フォレストキャットは『にゃーん』とお礼を告げ、お気に入りのキャットタワーに上っていき、
そこで毛づくろいを始めた。

どうやら、最後の仕上げをしているようだ。

ヒメリは太一に視線を向けて、「ねぇねぇ」と声をかける。

「ん？」

「タイチは、恋人を作ろうとは思わないの？」

「えっ、恋人!?」

太一は慌てふためいて、「ないない」と首と手を両方振って意思表示をする。そこまで力強く否定しなくてもと、ヒメリは苦笑する。

「どうして？　タイチは格好いいし、強いし、モテモテだと思うんだけどなぁ」

「過大評価すぎるよ」

今度は太一が苦笑して、頬《ほお》をかく。

「まあ、将来的には結婚できたらいいな……とは思ってるよ。でも、なかなかね……」

「ふーん……」

(結婚するつもりはあるんだ)

生涯もふもふを愛す！　と言い出すのではないかと、ヒメリはヒヤヒヤしてしていた。そうでないことに、こっそり胸を撫《な》でおろす。

しかしそれなら、恋人を作らない理由はなんだろうか。

「じゃあ……私みたいな女の子はどう？」

――と、勇気を出して聞いてみる。

（完全否定されたらちょっと辛《つら》いかもしれないけど……）

すると、太一は目をぱちくりとさせて……笑った。

「あはは！　俺みたいな男に、ヒメリはもったいないでしょ」

「えっと……？」

ヒメリが眉間に皺《しわ》を寄せると、太一はまた笑う。

「だってもう、俺は二八のおっさんだよ？　とてもじゃないけど、無理無理。ヒメリみたいに可愛《かわい》くて器量のいい子は、それこそいい男を選びたい放題だろ？」

そもそもヒメリは未成年なので、太一が手を出すのは――しかしここは日本ではないのだと思い、太一はその先の言葉は飲み込んだ。

「……タイチって、いつも思ってたけど自己評価低すぎじゃない？」

「え？　これでも最近は上がってきたんだけど……」

太一の返事に、ヒメリは絶句する。

（二八のおっさんだから、相応《ふさわ》しくない？）

確かに年齢差はあるけれど、それを差し引いても太一は魅力的だとヒメリは思う。

限界がないのではないか？　と、思わせるほどのテイマーの力。

普通は有名なテイマーだって、従魔の数は多くても一〇程度だし、そもそもテイミングしていない魔物と喋《しゃべ》れているだけでも規格外だ。

スキルの数も、平均よりはるかに多い。もしかしたら、テイマーのスキルすべてを使えるのでは？　なんて、夢物語のようなことも考えてしまう。

（でも、私を高く評価してくれてることは嬉《うれ》しい）

これはかなり長期戦になりそうだなと、ヒメリは「ふい〜」と息をはいてテーブルにつっぷすのだった。


もふもふカフェのお客さんもほとんど帰り、そろそろ閉店という時間に……厨房《ちゅうぼう》の後片付けをしている太一のところにルビーがやってきた。

「どうしたんだルビー？　お腹空《す》いたか？」

『違いますよ……。実は自分、朝のヒメリさんとの話を聞いてまして……』

「朝の話？」

ルビーの言葉に、太一はいったいなんのことだったかと首を傾《かし》げる。普段から雑談をしているし、今日もとくにこれといって重要な話題が出たわけではない。

太一の反応を見たルビーは、『これは重症ですね……』と、どこか憐《あわ》れみを含んだ目で太一のことを見た。

「え、どういうこと……」

なんでそんな目で見られなければいけないのだと、太一は焦る。

（ヒメリに対して、知らずのうちになんかやっちゃったのか!?）

そうだとしたら、急いでヒメリに謝らなければいけない。しかし彼女は、店内でいつも通り働いてくれているし、日中の時間も別段変わった様子はなかった。

するとルビーが、『チッチッチ』と指を振る。

『ヒメリさんがあんなに番《つがい》になってとアピールしていたじゃないですか！』

「………………えぇっ!?」

すぐにルビーの言葉の意味が理解できず、数秒フリーズしたのち、太一は驚きに声を荒らげた。

だってまさか、そんなことを言われるなんてまったく予想していなかった。

熱くなった顔を手であおぎ、太一はどういうことだと脳内でヒメリのことを考える。朝、ヒメリはなんと言っていた？


じゃあ……私みたいな女の子はどう？


――と、そう言っていたはずだ。

確かに言われてみれば、女の子がアプローチしている男性に使うさぐりの言葉と捉えることもできなくはない。

（というか、そんなこと言われたの初めてなんだが……？）

普段から社畜生活を送っていた太一は、まあぶっちゃけていえば恋愛とはほど遠い場所にその身を置いていた。なので、遠回しに言われても気づかない。

（いや、でも、これはルビーの予測であって、本当の本当にヒメリが俺を好きだと確定したわけではない……よな？）

もし突っ走ってヒメリのところへ行って告白し、振られてしまったら笑えないどころではない。

（……わからんっ!!）

太一が混乱して頭をかくと、ルビーは『悩みなさい、若者よ』と悟りを開いたような顔をする。

自分はすでに番がいるからと、恋愛面では先輩なのだ。

（……とりあえず、ちょっと様子を見よう）

そう結論付けた太一は、ルビーに「ありがとう」と礼を述べる。

『自分、応援してますから……！』

「う、うん……ありがとう」

『ふー、すっきりしたら自分もウメに会いたくなりました！』

そう言って、ルビーはるんるんしながら番であるウメのもとへ駆けていった。

太一は厨房からひょっこり顔を出して、店内にいるヒメリを盗み見て――自分を好き？　ありえないなと頷《うなず》く。

……恋のしかたは、まだまだわからないようだ。

MFブックス

異世界もふもふカフェ ～テイマー、もふもふ小熊を助けに雪山探索～ 3

2021年6月25日　初版第一刷発行

著者　ぷにちゃん
発行者　青柳昌行
発行　株式会社KADOKAWA
〒102-8177　東京都千代田区富士見2-13-3
0570-002-301（ナビダイヤル）
印刷・製本　株式会社廣済堂
ISBN 978-4-04-680436-5 C0093

企画　株式会社フロンティアワークス
担当編集　福島瑠衣子（株式会社フロンティアワークス）
ブックデザイン　鈴木 勉（BELL'S GRAPHICS）
デザインフォーマット　ragtime
イラスト　Tobi

本シリーズは「小説家になろう」（https://syosetu.com/）初出の作品を加筆の上書籍化したものです。

ファンレター、作品のご感想をお待ちしています

宛先
〒102-0071　東京都千代田区富士見2-13-12
株式会社 KADOKAWA　MFブックス編集部気付
「ぷにちゃん先生」係　「Tobi先生」係

二次元コードまたはURLをご利用の上
右記のパスワードを入力してアンケートにご協力ください。

https://kdq.jp/mfb
パスワード
n23kz

● PC・スマートフォンにも対応しております（一部対応していない機種もございます）。
●お答えいただいた方全員に、作者が書き下ろした「こぼれ話」をプレゼント!
●サイトにアクセスする際や、登録・メール送信時にかかる通信費はご負担ください。

MFブックス
MFブックス新シリーズ発売中!!
お茶屋さんは賢者見習い
A Tea Dealer is An Apprentice Philosopher.
コミカライズ企画進行中
著 巴里の黒猫
イラスト 日下コウ
Story
ある日異世界へ転移してしまったお茶屋さんのリン。
四大精霊の加護を受けた彼女は、
精霊術師ライアンの保護のもと暮らすことになる。
そんなリンは精霊の力と現代知識を活かし、
様々なアイデアで周囲を驚かせ――!?
精霊に愛された賢者見習いの、
異世界暮らしがはじまる!